Carola Wimmer

Die Geisterjäger im Gruselhotel

Carola Wimmer

Die Geisterjäger im Gruselhotel

Mit Illustrationen von
Jürgen Rieckhoff

cbj

cbj ist der Kinder- und Jugendbuchverlag
in der Verlagsgruppe Random House

Für meinen lieben Gefährten Aristide
C. W.

Umwelthinweis:
Dieses Buch wurde auf chlorfrei gebleichtem Papier gedruckt.

Gesetzt nach den Regeln der Rechtschreibreform.

1. Auflage 2005

Umschlagbild und Innenillustrationen: Jürgen Rieckhoff
Lektorat: Martina Patzer
Umschlagkonzeption: Basic-Book-Design, Karl Müller-Bussdorf
MP · Herstellung: WM
Satz und Reproduktion: Uhl + Massopust, Aalen
Druck: GGP Media GmbH, Pößneck
ISBN 3-570-13032-0
Printed in Germany

www.cbj-verlag.de

1. Kapitel

»Gleich sind wir da! Gleich ist es so weit«, rief Pauls Vater und kurbelte das Fenster herunter, um seinen Kopf breit grinsend in den Wind zu halten. So aufgeregt hatte Paul ihn noch nie erlebt.

Der Kies knirschte unter den Reifen, als seine Mutter den Wagen in eine kleine Auffahrt lenkte.

»Wird aber auch Zeit«, maulte Marie. Pauls Schwester war zwei Jahre älter als er und sichtlich unzufrieden mit dem Umzug. Die ganze Fahrt über hatte sie mit muffigem Gesichtsausdruck demonstrativ geschwiegen und auf einer Strähne ihrer langen roten Locken herumgekaut.

»Ihr werdet begeistert sein!«, beteuerte Pauls Vater

und wandte sich mit leuchtenden Augen den beiden auf der Rückbank zu.

Das ist heute eindeutig Papas Lieblingssatz, dachte Paul. Als er ihn das fünfzigste Mal hörte, hatte er aufgehört zu zählen.

Aber was ihre Begeisterung betraf, war sich Paul nicht so sicher. Egal wie oft sein Vater sie auch noch beschwor. Schließlich hatte er all seine Freunde verlassen müssen. Ihre Wohnung, die Gegend, in der er gelebt hatte – all das lag nun acht Stunden Autofahrt unwiederbringlich hinter ihm.

Und nach den Sommerferien würde er in die fünfte Klasse kommen. Das hieß: eine neue Schule, neue Lehrer und vor allem – neue Mitschüler. War das wirklich ein Grund zur Freude? Eher im Gegenteil. Paul fürchtete sich sogar ein bisschen davor.

Pauls Mutter seufzte laut und brachte den Wagen zum Stehen.

»Nun mal los! Alles aussteigen!«, rief sie betont fröhlich. Aber Paul konnte in ihrem Blick lesen, dass auch ihr unbehaglich zumute war.

Sie liefen eine Art Promenade entlang, Pauls Vater

beschwingt, immer ein paar Schritte voran. Endlich blieb er stehen. Auf seinem Gesicht lag ein Ausdruck, als hätte ihn gerade ein Honigkuchenpferd geküsst. Er breitete die Arme aus und rief: »Tatatatata!« Dann deutete er auf ein Haus.

Paul schnappte nach Luft. Das war nicht nur ein Haus. Es war eine Villa, märchenhaft, mit Türmchen, Zinnen und Erkern. *Das* war also sein neues Zuhause!

Als er zum ersten Mal von der Erbschaft gehört hatte, hatte er sich etwas ganz anderes vorgestellt. Eine windschiefe Bude. Etwas sehr viel Winzigeres. Auf jeden Fall nicht das, was er jetzt sah.

Zwar blätterte der Putz großzügig von der Fassade und es wirkte insgesamt ein bisschen heruntergekommen, aber man konnte deutlich erkennen, wie prunkvoll das Gebäude zu seinen Glanzzeiten einmal ausgesehen haben musste. Eine große geschwungene Treppe führte zu einer mächtigen Eingangstür mit schmiedeeisernen Beschlägen. In altmodischer Schrift stand dort, in ein goldenes Schild graviert: »Ostseejuwel«.

Doch das Schönste war die Terrasse, von der man über die Dünen und den feinen Sandstrand hinweg das glitzernde blaue Meer sehen konnte. Deutlich konnte Paul die Brandung hören, den Geruch der See riechen.

»Und jeder von euch Kindern bekommt sein eigenes Zimmer!«, rief Pauls Vater freudestrahlend. »Ach, was sag ich? Jeder bekommt zwei Zimmer! Das Haus ist groß genug!«

Pauls Mutter nahm ihren Mann mit einem Lächeln zärtlich in den Arm.

»Mensch Papa, das Haus ist ja wirklich … umwerfend!«, stammelte Paul.

Sein Vater kniete sich neben ihn und legte den Arm um seinen Sohn.

»In diesem Haus habe ich die schönsten Sommerferien meines Lebens verbracht«, erklärte er. »Damals war ich so alt wir ihr Kinder heute. Tante Luise hat das Hotel fünfzig Jahre lang ganz allein geführt und es war ihr Ein und Alles.« Pauls Vater schwieg einen Augenblick und fuhr dann mit leiser Stimme fort: »Und nun, nachdem Tante Luise nicht mehr bei uns ist, werde ich es ganz in ihrem Sinne weiterbetreiben.«

Dann zwinkerte er den Kindern zu: »Nennt mich ab heute also am besten nur noch *Herr Hoteldirektor*!«

Paul kuschelte sich an seinen Vater, während seine

Mutter ihm sanft die Schulter streichelte. Nur Marie stand abseits und machte noch immer ein verkniffenes Gesicht.

»Jetzt lasst uns aber reingehen, damit ihr Herrn Schelmig kennen lernt. Er ist zwar nicht mehr der Jüngste, aber der beste Mitarbeiter, den man sich wünschen kann. Er hat die letzten dreißig Jahre für Tante Luise am Empfang gearbeitet. – Und so soll es auch bleiben«, erklärte Pauls Vater und öffnete feierlich die schwere Tür zum Empfangsraum. Auf einem orientalisch gemusterten Teppich betraten sie den riesigen Raum mit plüschigen Sesseln und schweren Tischen. Ein Kanarienvogel zwitscherte in einem üppig verzierten Vogelkäfig.

»Schelmig, altes Haus!«, rief Pauls Vater und ging dem alten Mann mit offenen Armen entgegen. Dieser kam sofort erfreut hinter dem Empfangstresen hervor. Die beiden Männer umarmten einander und klopften sich freundschaftlich auf die Schultern.

»Willkommen zurück im Ostseejuwel!«, begrüßte er Pauls Vater herzlich und fügte ernst hinzu: »Wurde ja auch langsam mal wieder Zeit!«

»Darf ich dir meine Familie vorstellen?« Stolz schob

Pauls Vater Marie, Paul und Marlene in Schelmigs Richtung. Artig gab Paul Herrn Schelmig die Hand.

Obwohl Schelmig ein guter Freund seines Vaters zu sein schien, fand Paul den alten Mann unheimlich. Sein schlohweißes Haar, das er streng nach hinten gekämmt trug, bildete zu seinen schwarzen, buschigen Augenbrauen einen seltsamen Kontrast. Am beunruhigendsten fand Paul jedoch Schelmigs große Augen, die ein wenig schielten.

Aber auch Schelmigs Körperhaltung war seltsam. Der alte Mann stand ein wenig vornüber gebeugt, als hätte man ihn in eine zu enge Jacke gezwängt. In seiner fadenscheinig gewordenen Livree mit den Goldepauletten hing der Geruch von Mottenkugeln.

Marie schien Schelmig auch nicht sympathisch zu finden. Kühl lächelnd hatte sie ihm die Hand gegeben. Aber vielleicht lag es nur daran, dass Marie an diesem Tag niemanden sympathisch finden wollte. Paul beschloss jedoch, sich seine Freude über die neue Heimat weder von diesem merkwürdigen Portier noch sonst jemandem verderben zu lassen.

»Was machen die Gäste?«, erkundigte sich Pauls Vater gut gelaunt.

»Niemand da«, erwiderte Schelmig mit einer bedauernden Geste.

»Keine Gäste?«, fragte Pauls Vater irritiert.

»Keine Gäste«, wiederholte Schelmig.

»Aber die Autobahnen waren überfüllt, ein Stau nach dem anderen! Alle sind auf dem Weg in die Sommerferien! Am Wochenende ist Neptunfest. Da ist hier im Ort das letzte Kämmerlein ausgebucht!«

Herr Schelmig guckte betrübt. »Vorgestern war eine Familie hier. Sie blieben aber nur eine Nacht«, erklärte er, wie um Pauls Vater zu trösten.

»Das Haus ist alt, Bernhard«, schaltete sich Pauls Mutter ein. »Die Leute wollen mehr Komfort.«

»Wir werden das ändern!«, rief Pauls Vater nun wieder in leidenschaftlichem Ton. »Wir werden das Haus renovieren und tipptopp in Ordnung bringen!«

»Und mit welchem Geld?«, erkundigte sich Pauls Mutter stirnrunzelnd.

»Mit dem Geld, das die Touristen bringen!«, erwiderte Pauls Vater, als handele es sich um die selbstverständlichste Sache der Welt.

Pauls Mutter warf ihrem Mann einen besorgten Blick zu.

Paul war sofort klar, dass mit der Rechnung seines Vaters etwas nicht stimmen konnte. Wenn keine Gäste kamen, würden sie auch kein Geld haben, um das Haus zu renovieren. Und wenn sie das Haus nicht renovieren konnten, würden keine Gäste kommen.

»Na, das wird schon«, erklärte Pauls Vater nach einem langen Schweigen. Es sollte zuversichtlich klingen, doch in seiner Stimme lag heute zum ersten Mal auch Sorge.

2. Kapitel

Gemeinsam besichtigten sie das Hotel. Im Erdgeschoss würde die Familie wohnen. Dort lagen auch die Küche und eine große Vorratskammer.

Paul hatte noch nie ein so geräumiges Haus gesehen. Und darin gewohnt schon gar nicht.

Vom Empfangsraum führte eine Treppe aus weißem Marmor ins erste Stockwerk.

»Das hier ist der Festsaal«, erklärte Pauls Vater und lächelte versonnen. Er schien in alten Erinnerungen zu schwelgen. »Kaum zu glauben: Nichts hat sich verändert!«

»Ja, genau *so* kann man es sagen«, murmelte Marie abschätzig und ließ einen hochmütigen Blick über die Einrichtung gleiten.

Auf den schweren Samtvorhängen lag jahrzehntealter Staub und das Parkett knarzte bei jedem Schritt schauerlich.

In den oberen Stockwerken befanden sich die Gästezimmer, in denen die matte Abendsonne auf altmodische Tapeten und verschrammte Möbel schien.

Pauls Mutter setzte sich auf eines der Betten, fuhr aber sogleich wieder erschrocken hoch, denn die alten Sprungfedern quietschten erbärmlich. In den meisten Badezimmern rosteten die Badewannen.

Paul zog an einer Metallkette, die über einem klapprigen Spülkasten hing. Sofort sprudelte mit lautem Gurgeln das Wasser über den Toilettenrand.

»Ja, hier muss einiges getan werden«, seufzte Pauls Vater.

Pauls Mutter nickte. »Aber das werden wir schon gemeinsam schaffen, Bernhard.« Aufmunternd strich sie ihrem Mann durchs Haar.

»Aber lasst uns jetzt erst einmal runterfahren und die Koffer holen«, entschied Pauls Vater, schon wieder hoffnungsvoller, und drückte den Knopf des alten Aufzugs.

Langsam und mit einem bedenklichen Geratter kroch

die Kabine durch den Schacht hinauf in das oberste Stockwerk.

»Hm, ich glaube, ich möchte doch lieber laufen«, flüsterte Pauls Mutter, während sie ängstlich auf den sich zitternd nach oben bewegenden Pfeil der Stockwerkanzeige blickte. Auch Paul fand den Aufzug alles andere als Vertrauen erweckend. Der alte Kasten wurde lediglich durch ein Gitter geschlossen, sodass man bei der Fahrt einen freien Blick auf die vorbeiziehenden Etagen hatte.

»Keine Angst, meine Lieben! Der Aufzug ist selbstverständlich funktionstüchtig«, erklärte Pauls Vater und stieg als Erster ein. Zögernd kamen auch Marie, Paul und zuletzt seine Mutter nach.

Paul atmete tief durch, als sich der Aufzug in Bewegung setzte. Doch nach wenigen Sekunden hörte er plötzlich ein schauderhaftes Knacken, als würde ein Gewinde brechen. Dann sackte die Kabine einen Meter in die Tiefe. Paul schrie erschrocken auf und klammerte sich an seine Mutter, aus deren Gesicht jede Farbe gewichen war. Als die Kabine mit einem plötzlichen Ruck zum Stehen kam, ging Paul von der Wucht in die Knie.

»Oh Himmel!«, rief Pauls Mutter. Mittlerweile war sie aschfahl. Ihre Hände zitterten. »Wir stecken fest!«

»Ich hasse dieses Hotel«, murmelte Marie düster, die auch schon recht blass um die Nase war.

»Wir müssen jetzt Ruhe bewahren«, murmelte Pauls Vater beschwörend. Nach und nach drückte er alle verfügbaren Knöpfe. Als das nichts half, begann er, wie ein Wilder auf die Armatur einzuschlagen.

Und tatsächlich: Der Aufzug setzte sich ächzend wieder in Fahrt.

»Seht ihr, geht doch«, sagte Pauls Vater und strich sich das verschwitzte Haar aus dem Gesicht.

»Aber wir wollen doch gar nicht nach oben«, bemerkte Paul, als er entdeckte, dass die Fahrt wieder in das dritte Stockwerk hinaufging. Kaum hatte er ausgesprochen, stoppte der Aufzug und ratterte langsam zurück in die Tiefe.

Bis in den ersten Stock. Und dort machte er ohne Halt kehrt.

Wieder ging es hinauf, diesmal schneller. Paul bekam ein flaues Gefühl im Magen. Und dann ging es wieder hinab, noch rasanter. So rasant, dass sich alle ängstlich aneinander klammerten und nur noch mit aufgerissenen Augen auf die vorbeirauschenden Stockwerke starren konnten.

»Tu doch was«, jammerte Pauls Mutter. »Mir ist schlecht!«

»Aber was soll ich denn tun, Liebes?«, stöhnte Pauls Vater hilflos.

»Wir werden sterben«, erklärte Marie mit düsterem Gesicht.

»Sag so etwas nicht«, rüffelte sie ihr Vater, der nun die Initiative ergriff. »Hilfe! Hilfe! Hört uns denn niemand!«, rief er mit sich überschlagender Stimme.

Paul und seine Mutter fielen in seine Rufe ein. »Hilfe! Der Aufzug! Rettet uns!«

Nach endlosen Minuten voll verzweifelter Schreie kam der Aufzug abrupt zum Stehen. Paul atmete erleichtert auf. Die untere Hälfte der Kabine hatte ein Stockwerk erreicht. Der obere Teil steckte allerdings noch im Schacht.

»Ich will hier raus«, fauchte Marie mit Tränen in den Augen.

»Gleich haben wir es geschafft«, tröstete sie Pauls Vater und öffnete das Gitter.

»Ja, dieser Aufzug hat es in sich!«, rief Herr Schelmig, der mit einem großen Schraubenschlüssel im Erdgeschoss stand und zu den Insassen des Aufzugs hinaufschaute.

Pauls Vater half Paul, aus der Kabine zu kriechen. Unten wurde er von Herrn Schelmig in Empfang genommen und vorsichtig abgesetzt. Dann kamen Marie, Pauls Mutter und zuletzt sein Vater, der sich erschöpft gegen die Wand lehnte.

»Danke, Schelmig. Du warst unsere Rettung«, murmelte er dankbar.

Herr Schelmig winkte mit dem Schraubenschlüssel: »Kein Problem.«

Mit zitternden Beinen ging Pauls Mutter zur Tür. »Komm, Bernhard. Lass uns die Koffer holen. Aber in dieses Ding kriegt mich keiner mehr rein!«

»Was meinten Sie mit *dieser Aufzug hat es in sich?*«, wandte sich Paul an Herrn Schelmig, als seine Eltern zum Wagen gegangen waren.

»Ich meinte nur, dass das passieren *musste*«, erklärte Herr Schelmig geheimnisvoll.

»Der Aufzug hat eine Macke!«, übersetzte Marie für Paul.

Schelmig guckte düster.

»Eines solltet ihr über dieses Haus wissen, wenn ihr hier wohnen wollt«, fuhr Schelmig, ohne auf Maries Worte zu achten, fort. »Es liegt ein Geheimnis über diesem Gemäuer.«

»Ein Geheimnis?«, fragte Marie skeptisch.

»Ein sehr dunkles Geheimnis«, wiederholte Herr Schelmig und trat näher an die Kinder heran. Dann flüsterte er: »Ihr habt gedacht, ihr kommt hierher, ihr wohnt in einem ganz normalen Haus. Die Sonne scheint und alles ist wunderbar. Aber ich sage euch: Nichts ist wunderbar, nichts ist normal. Denn ein grauenhaftes Gespenst geht hier um.«

Paul riss entsetzt die Augen auf.

»Ein Gespenst, grauenhafter als jeder Albtraum. Ein bösartiger Geist, der dich an der Gurgel packt und dir seinen modrigen Atem ins Gesicht bläst«, flüsterte Schelmig hastig.

»Doch nicht etwa Tante Luise?«, fragte Paul völlig entsetzt.

Herr Schelmig schüttelte entrüstet den Kopf. »Nein, nicht Luise… Luise wäre zu solchen Schandtaten gar nicht fähig.«

In diesem Moment wuchtete Pauls Vater einen schweren Koffer in den Empfangsraum.

»Schelmig!«, rief er. »Was erzählst du denn da?«

»Ich erzähl den Kindern nur von dem Gespenst«, erwiderte Herr Schelmig unschuldig.

»Hier gibt es keine Geister!« Pauls Vater war ernsthaft böse. »In – diesem – Hotel – lebt – kein – Gespenst! Merk dir das!«, erklärte er und schlug zur Bekräftigung bei jedem Wort auf den Empfangstresen.

»Wenn du meinst«, erwiderte Schelmig mit vieldeutigem Blick. Dann schlenderte er langsam mit dem Schraubenschlüssel in der Hand zurück in den Empfangsraum.

3. Kapitel

»Komischer Kauz, dieser Schelmig«, knurrte Marie, als sie gemeinsam mit Paul über die Dünen zum Strand spazierte. Ihre Eltern hatten ihnen nach dem Auspacken der Koffer erlaubt, ans Meer zu gehen.

»Vielleicht lernt ihr auch gleich ein paar Freunde kennen«, hatte Pauls Mutter fröhlich gesagt. Dann hatten sich die Eltern daran gemacht, das Haus einzurichten, denn mittlerweile war auch der Lastwagen mit ihren Möbeln angekommen.

Sobald Paul und Marie den feinen Sandstrand unter den Füßen spürten, zogen sie ihre Schuhe aus und gingen geradewegs aufs Meer zu. Angenehm kühl schwappten die Wellen über Pauls Zehenspitzen. Nach jeder Welle blieben im Sand matschige Umrisse seiner Füße zurück, die mit der nächsten Welle gleich wieder fortgespült wurden.

Marie stapfte mit den Händen in den Hosentaschen Richtung Seebrücke voran, ihre langen roten Haare wehten wie eine leuchtende Fahne hinter ihr her.

Paul liebte den Strand sofort. Er mochte den kühlen Wind, der ihm durchs kurze, strubbelige Haar strich, die Sonne, die ihm die Haut erwärmte. Die mörderische Fahrt im Aufzug war schon so gut wie vergessen. Wohlig seufzend blieb er stehen und schaute sich um. Eine alte Frau mit Badehaube besprengte vorsichtig ihre Waden mit Wasser. Unter einem Sonnenschirm döste ein dicker Mann mit einem aufgeschlagenen Buch über dem Gesicht vor sich hin. Dann beobachtete Paul eine Weile die Möwen, die kreischend über das Meer flogen und gelegentlich auf einem der vielen Strandkörbe, die in drei Reihen das Ufer säumten, landeten. Gab es einen schöneren Ort, an dem man sein konnte? Einen schöneren Ort – zum Leben?

Auf der Seebrücke stand eine Gruppe Jungs und spuckte über das Geländer ins Meer.

Die sind bestimmt von hier, dachte Paul. Höchstwahrscheinlich würde er auch hier gute Freunde finden.

Als Marie und Paul die Brücke betraten, löste sich ein pummeliger Junge mit strohblondem Haar und Sommersprossen im Gesicht aus der Gruppe und schlenderte auf die Geschwister zu. »Ihr seid also die Neuen!«, sagte er. »Hab euch in eurer Rostbeule kommen sehen!«

»Hallo, ich bin Pau…«, wollte Paul gerade sagen, aber der dicke Junge fiel ihm sofort ins Wort.

»Ich hab dich nichts gefragt! Wenn der Kuchen spricht, haben die Krümel Pause!«, blaffte er. Ein paar Jungs in der Gruppe lachten. Offenbar war der Junge ihr Anführer.

»Wie du heißt, interessiert mich gar nicht, ihr werdet hier sowieso nicht lange bleiben«, fuhr der Junge fort und baute sich vor Paul und Marie auf.

»Wer bist du denn, wenn man fragen darf?«, rief nun Marie. Ärgerlich trat sie noch näher und sah dem Anführer direkt in die Augen. Paul bekam Angst um seine Schwester. Sie konnte Großmäuler nicht leiden. Deshalb hatte sie sich schon oft mit älteren Kindern angelegt.

Gleichzeitig war er aber auch stolz auf Marie. So rup-

pig und schlecht gelaunt sie auch oft war – wenn es Probleme gab, war sie immer für ihn da, trat für ihn ein und half ihm aus der Patsche, wenn nötig.

»Ich bin TomTom und meinem Vater gehört hier das größte Hotel im Ort«, antwortete TomTom. »Und wie es aussieht, wird mein Vater euer Hotel kaufen und abreißen. Dass euer Hotel pleite ist, sieht ja ein Blinder mit 'nem Krückstock.«

»Lass doch die Neuen«, mischte sich ein Junge mit Zahnspange und Baseballkappe ein.

»Halt du die Klappe oder du kannst auf deiner Blutspur nach Hause kriechen«, fauchte TomTom und ging drohend auf den Jungen zu.

»Wie kommst du darauf, dass das Hotel pleite ist?«, fragte nun ein anderer Junge, der recht schmächtig war und eine Brille trug. »Woher willst du denn das wissen?«, erkundigte er sich kühl.

»In dem ollen Kasten will doch keiner Urlaub machen«, höhnte TomTom. »Da würd ich ja lieber in einem Gefängnis wohnen, wenn ich es gemütlich haben wollte!«

Wieder lachten einige Jungen beifällig.

»Wisst ihr nämlich was? Die alte Luise hat das Haus total verkommen lassen«, legte TomTom noch eins drauf.

»Spinnst du?«, mischte sich nun Paul wieder in den Streit. »Lass Tante Luise aus dem Spiel! Das Hotel ist super! Wenn niemand kommt, dann liegt es einzig und allein an dem Gespenst!«

Paul biss sich auf die Lippe, kaum dass er das gesagt hatte.

»Gespenst!«, rief TomTom höhnisch. »Das Baby glaubt an Gespenster!«

»Blödmann!«, schimpfte Marie, und Paul wusste nicht, ob er oder TomTom damit gemeint war. Dann zerrte ihn seine Schwester fort, runter von der Seebrücke zurück zum Strand.

Doch der Junge mit der Brille und der mit der Zahnspange liefen den Geschwistern nach.

»Leg dich bloß nicht mit TomTom an!«, rief der eine, während er versuchte, mit Paul und Marie Schritt zu halten. »Gegen den kannst du nicht gewinnen. Er ist viel älter und kräftiger als wir alle. Er schmeißt sich einfach auf dich drauf.«

»Der macht dich im wahrsten Sinne des Wortes platt«, ergänzte der andere. »TomTom ist ein Intrigant!«

»Danke für den Rat«, presste Marie hervor und eilte wütend weiter.

»Was ist ein In-tri-gant?«, wollte Paul wissen und blieb stehen.

»Das ist jemand, der andere ... na, der gemein ist«, erklärte der Junge mit der Brille und gab dann verlegen zu: »So genau weiß ich es auch nicht.«

»Ich bin Henrik«, sagte der mit der Baseballkappe.

»Und ich bin Jan«, stellte sich der mit der Brille vor.

»Ich bin Paul!« Paul schüttelte Henrik und Jan die Hand. Marie war schon fast außer Sichtweite.

»Was ist denn nun mit dem Gespenst? Gibt es das wirklich?«, fragte Henrik neugierig.

»Ja klar!«, erwiderte Paul. »Es ist ein waschechtes Gespenst, grauenhafter als jeder Albtraum. Ein bösartiger Geist, der dich an der Gurgel packt und dir seinen modrigen Atem ins Gesicht bläst.«

Henrik und Jan waren beeindruckt. »Kann man sich dieses Gespenst auch mal ansehen?«, fragte Jan und rückte verlegen seine Brille zurecht.

»Na klar! Wenn ihr wollt, zeige ich es euch!«, antwortete Paul stolz.

Henrik schlug Paul freundschaftlich auf die Schulter: »Gut, abgemacht! Dann kommen wir morgen Nachmittag bei dir vorbei!«

4. Kapitel

O je, was habe ich da nur versprochen?, dachte Paul, als er abends im Bett lag. Er befand sich in einer schlimmen Zwickmühle: Auf der einen Seite konnte er auf ein Gespenst im Hotel gerne verzichten. Andererseits wünschte er sich aber nun nichts sehnlicher herbei als einen handfesten Spuk, den er Jan und Henrik präsentieren konnte. Und so wälzte er sich von einer Seite auf die andere, während draußen der Wind ums Haus tobte. Fauchend war am Abend ein Sturm losgebrochen. Erste Blitze und ferner Donner ließen für diese Nacht ein heftiges Unwetter erwarten.

Paul löschte das Licht und kuschelte sich ins Kissen.

Es war das erste Mal, dass er ein eigenes Zimmer

hatte. Seltsam leise war es hier. Plötzlich vermisste er Maries Atmen, das Rascheln der Seiten, wenn sie vor dem Einschlafen noch in einem Buch las.

Unter der Tür hindurch schien ein dünner Lichtstrahl ins Zimmer, der aber plötzlich erlosch. Nun senkte sich völlige Dunkelheit über den Raum. Paul wälzte sich im Bett.

Er musste wieder an das Gespenst denken. Hatte Herr Schelmig die Wahrheit gesagt? Würde es ihn heute Nacht an der Gurgel packen? Für einen Moment erhellte ein greller Blitz das Zimmer. Als es wieder dunkel war, hörte Paul ein seltsames Geräusch. Sein Herz machte einen Satz. Er zog die Bettdecke bis unter die Nasenspitze und horchte. War da nicht ein Schnaufen vor der Tür? Sein Herz begann, wie wild zu schlagen. Tatsächlich: Draußen keuchte und seufzte jemand! Es hörte sich so an, als würde jemand einen schweren Gegenstand den Flur entlangschleifen. Was sollte er jetzt tun?

Wieder hörte er es schnaufen. Dazu ein Klappern. Wie gelähmt lag Paul im Bett. Nur sein Brustkorb hob und senkte sich rasch, so sehr flog sein Atem. Er versuchte, sich selbst zu beruhigen. Für die Geräusche

musste es einfach eine sinnvolle Erklärung geben! Und er würde herausfinden, was vor seiner Tür geschah!

Paul beschloss, keine Angst zu haben. Zumindest so wenig Angst wie möglich. Er zwang sich, ruhiger zu atmen. Vorsichtig richtete er sich im Bett auf und lauschte. Aber es war jetzt nichts zu hören außer dem lauten Schlag seines Herzens. Dann krabbelte er vorsichtig aus dem Bett. Auf Zehenspitzen schlich er sich ganz leise Schritt für Schritt über das Parkett zur Zimmertür. Langsam griff er nach der Türklinke. Für einen Moment verlor er den Mut. Doch dann atmete er noch einmal tief durch und öffnete mit einem Ruck die Tür.

»Oh Gott, hast du mich erschreckt!«, rief Pauls Vater, der mit einer Taschenlampe im Flur stand. An der Wand lehnte eine große Leiter, die er herbeigeschleppt hatte, um die kaputte Glühbirne an der Decke auszutauschen.

»Entschuldige«, keuchte Paul und atmete auf.

Erleichtert wollte er gerade die Tür schließen, um ins Bett zurückzukriechen, da hämmerten dumpfe Schläge gegen die Haustür. Es blitzte grell, dann grollte ein scheinbar endloser Donner über dem Haus. Und wieder hämmerte es. So laut, dass es im ganzen Haus zu hören sein musste. Pauls Vater sah erschrocken auf. Dann ließ er alles stehen und lief eilig zur Tür. »Ja, ich komme ja schon!«, rief er. Doch als Antwort wurde nur noch heftiger gegen die Tür gewummert.

Paul schlich seinem Vater nach bis zur Tür des Empfangsraums. Durch den Türspalt sah er, wie sein Vater sich beeilte, die Haustür zu öffnen.

Draußen stand ein riesiger Mann, bestimmt zwei Meter groß. Er trug einen schwarzen Cowboyhut, den er tief ins Gesicht gezogen hatte, und schwere Stiefel. Als er eintrat, tropfte der Regen von seinem durchnässten schwarzen Mantel auf den Teppich. Pauls Vater gab dem Fremden die Hand. Paul sah, wie der Mann die Hand seines Vaters ergriff und sie mit festem Druck so lange schüttelte, bis Pauls Vater sie ihm schmerzerfüllt entziehen musste.

Pauls Vater schien nun einen Witz zu machen, zumindest sagte er etwas zu dem Mann und lachte dann herzlich, allerdings allein. Der Cowboy verzog keine Miene. Dann beobachtete Paul, wie sein Vater nach den zwei altmodischen Koffern greifen wollte, die der Mann mitgebracht hatte. Doch der Cowboy kam ihm blitzschnell zuvor. Pauls Vater lächelte verlegen und ging dann voran, um dem Mann sein Zimmer zu zeigen.

Was für ein seltsamer Gast! Paul lief wieselflink zurück, verkroch sich unter seine Decke und lag noch lange Zeit nachdenklich wach.

5. Kapitel

Marie wollte beim Frühstück natürlich genau wissen, was es mit dem geheimnisvollen Fremden auf sich hatte, der in der Nacht zuvor so einen Radau gemacht hatte.

»Ein Gast«, erklärte Pauls Vater knapp und biss in sein Marmeladenbrötchen. An seinem Gesichtsausdruck konnten die Kinder ablesen, dass er nicht bereit war, mehr zu sagen.

»Ja, aber wie heißt er denn? Wo kommt er her?«, hakte Marie dennoch nach.

»P. H.«, Pauls Vater sprach die Buchstaben englisch aus: Pie Äitsch.

»Ein Amerikaner also?«, bohrte Marie weiter. Doch

Pauls Vater wollte nicht mehr sagen: »Jetzt ist aber Schluss mit der Fragerei!«

»Habt ihr denn schon ein paar Kinder von hier kennen gelernt?«, wechselte Pauls Mutter das Thema und goss Paul frische Milch in die Tasse.

»Mehr als mir lieb sind«, grummelte Marie.

»Heute Nachmittag kommen Jan und Henrik zu Besuch!«, rief Paul schnell.

»Das ist aber schön!« Pauls Mutter lächelte. »Ich hoffe, ihr amüsiert euch gut!«

Nach dem Frühstück setzten sich Marie und Paul auf die Veranda, wo ihnen eine schwache Morgensonne ins Gesicht schien. Die Luft war kühl und roch nach nassen Steinen.

Ihre Eltern waren einkaufen gegangen, denn sie wollten das Hotel für das bevorstehende Neptunfest schmücken.

»Was würdest du eigentlich tun, wenn du jemandem ein Gespenst versprochen hättest, aber womöglich gar keines auftaucht?«, erkundigte sich Paul bei Marie, während er in die Sonne blinzelte.

»Wieso? Hast du jemandem ein Gespenst versprochen?«

»Ja, Jan und Henrik«, gab Paul verlegen zu.

»Dann würde ich ihnen sagen, dass es doch kein Gespenst gibt«, erwiderte Marie knapp.

»Das kann ich aber nicht!«, rief Paul verzweifelt. »Sie wollen ein Gespenst sehen, und jetzt muss ich gucken, wo ich eins herbekomme.« Paul sah seiner Schwester flehend in die Augen.

Marie stöhnte.

Jan und Henrik erschienen am Nachmittag pünktlich im Ostseejuwel.

Pauls Mutter brachte den Kindern warmen Pflaumenkuchen mit Schlagsahne und Kakao auf die Veranda.

»Das ist wirklich ein tolles Haus«, bemerkte Henrik anerkennend.

»Ja, wirklich fulminant«, ergänzte Jan.

»*Fulminant?*«, fragte Paul irritiert.

»Das heißt so viel wie *toll*«, erklärte Jan. »Oder so ähnlich«, fügte er hinzu.

»Warum benutzt du dauernd solche Worte, von denen du gar nicht weißt, was sie bedeuten?«, fragte Paul.

»Na ja«, erklärte Jan schüchtern. »Ich finde, sie klingen einfach super.«

»Fulminant?«

»Ja, genau!« Die Jungen lachten.

Während sie in der Nachmittagssonne saßen und sich über den Kuchen hermachten, erfuhr Paul, dass Henriks Vater im Ort als Postbote arbeitete. Auch Jans Eltern waren nicht in der Hotelbranche tätig, er war

Lehrer, sie Lehrerin. An Henrik mochte Paul dessen direkte, freche Art. Mit ihm konnte man bestimmt Pferde stehlen. Jan mit seiner Brille schien der ruhigere, überlegtere der zwei Freunde zu sein. Auch ihn hatte Paul bereits in sein Herz geschlossen.

Offen gestanden hoffte Paul, dass die beiden seine Freunde werden würden.

»Seid ihr eigentlich oft mit diesem TomTom zusammen?«, erkundigte er sich.

»Du meinst, ob wir zu seiner Bande gehören?«, fragte Henrik.

»Ja, das wollte ich fragen«, gab Paul zu.

»Nö, wir hängen nur manchmal mit den Jungs am Strand rum, wenn uns nichts Besseres einfällt«, antwortete Henrik.

»Das ist dann meistens trotzdem ziemlich langweilig«, erklärte Jan. »TomTom bestimmt immer, was wir machen sollen. Aber viele von den Jungs in der Bande sind wirklich sehr nett, sonst würde ich da gar nicht mitmachen.«

Paul war erleichtert. Aber er hatte sich eigentlich gleich gedacht, dass die beiden viel zu nett waren, um mit dem fiesen TomTom befreundet zu sein.

»Aber jetzt wollen wir das Gespenst sehen«, forderte Henrik, nachdem sie den Kuchen gegessen hatten.

»Ja. Hm. Na gut.« Paul fühlte sich etwas unwohl. Jetzt war der Moment gekommen, wo er alles vermasseln konnte. Beklommen führte er Henrik und Jan in den großen Festsaal.

»Gespenster kommen nur, wenn es dunkel ist«, erklärte er und zog die schweren Samtvorhänge zu.

Gespannt setzten sich Jan und Henrik in der Mitte des Saales auf den Fußboden.

Paul schaltete eine Taschenlampe an, die er sich unter das Gesicht hielt.

»Gespenster sind sehr scheu. Man darf ihnen nicht zu nahe kommen«, erklärte Paul weiter. »Wir dürfen uns nicht rühren – egal was auch passiert.« Jan und Henrik nickten ehrfürchtig.

Paul setzte sich zu ihnen, stellte die Taschenlampe in ihre Mitte, sodass ihre Strahlen die Decke beleuchteten. Dann fassten sich die Jungen an den Händen.

»Gespenst, ich rufe dich!«, murmelte Paul mit tiefer Stimme. Und dann lauter: »Erscheine!«

Nichts geschah.

»Wir müssen uns mehr konzentrieren«, sagte Paul.

Daraufhin fassten sich die Jungen noch fester an den Händen, schlossen die Augen, und wieder rief Paul: »Erscheine!«

Immer noch nichts.

»Hat vielleicht jemand etwas in der Tasche, was den Geist fern hält?«, wandte sich Paul streng an Jan und Henrik.

Jan krempelte seine Hosentasche um. Zum Vorschein kamen ein paar Murmeln.

»Gespenster mögen keine Murmeln. Gib sie her!«, erklärte Paul. Dann lief er mit den Murmeln aus dem Raum.

Jan und Henrik schien es, als würden sie von ferne eine Stimme hören. Eine Mädchenstimme, die auf jemanden einredete.

Kurz darauf kam Paul zurück und setzte sich aufgeregt zu den anderen. Seine Wangen leuchteten rot. »Jetzt geht's gleich los«, sagte er, etwas außer Atem.

Wieder fassten sich die Jungen bei den Händen.

Paul rief: »Erscheine!«, und tatsächlich hörten sie gleich darauf das Knarzen des Parketts. Es waren Schritte.

Jan und Henrik sahen sich ängstlich an.

Im Dunkeln erschien nun eine hohe Gestalt. Ein weißes Hemd flatterte ihr bis zu den Füßen. Tänzelnd näherte sich das Gespenst der Mitte des Saales und brummte, tief und klagend.

Die Jungen rührten sich nicht vom Fleck. Erschrocken starrten sie auf das unheimliche Wesen. Das Brummen wurde immer eindringlicher. In immer schnelleren Bewegungen tanzte die Gestalt um die Jungen herum. Doch plötzlich verfing sich ihr Gewand an einem Stuhl. Und zum Vorschein kam: Marie mit einem Besenstiel in der Hand.

»Ich hab dir doch gleich gesagt, dass das nicht klappt!«, rief sie ärgerlich. Dann ließ sie den Besen zu Boden poltern und rannte davon.

Paul spürte eine grässliche Hitze über seine Wangen ziehen, die ihm bis zu den Ohrenspitzen kroch. Er wusste, dass er rot wie eine Tomate sein musste. Am liebsten wäre er im Erdboden versunken.

Jan und Henrik standen langsam auf und wandten sich, den Staub von den Hosen klopfend, zum Gehen.

Paul sprang auf. »Bitte, bleibt doch …! Ich wollte doch nur …«

»So ein Reinfall«, ärgerte sich Henrik.

Jan putzte seine Brille. »Wir verschwinden jetzt besser«, murmelte er. Doch als er sich zur Tür wandte, fiel diese mit einem lauten Knall ins Schloss. Sofort wurde es eiskalt im Saal. Die Jungen sahen sich erschrocken an und rannten zur Tür.

Aber sosehr sie auch an der Klinke zerrten, die Tür blieb verschlossen.

»Paul!«, rief Henrik ängstlich. »Hör auf, das ist nicht witzig!«

»Das bin ich nicht!«, beteuerte Paul.

Und wie auf ein geheimes Kommando hin fingen plötzlich die Stühle an zu tanzen. Von selbst schoben sie sich über das Parkett, schlingernd in großen Kreisen. Ein eiskalter Wind fuhr den Jungen ins Gesicht, die schweren Gardinen flatterten im aufkommenden Sturm.

»Was ist hier los?«, schrie Henrik gegen das Getöse an.

Paul starrte entsetzt auf die Vitrine mit Tellern und Porzellanfiguren, die immer mehr zu vibrieren begann, bis das erste Geschirr klirrend auf den Fußboden fiel.

»Wir müssen hier raus!«, rief er. »Los! Zur anderen Tür!«

Die Jungen stemmten sich gegen den brausenden Sturm und bahnten sich ihren Weg um die tanzenden Stühle. Fast hatten sie die andere Seite des Raumes erreicht, da schlitterte die schwere Kommode, auf der eine Vase aus schwerem Kristall stand, durch den halben Saal und verschloss den Ausgang. Beim Aufprall gegen die Tür kippte die Vase von der Kommode und fiel krachend auf das Parkett. Tausend glitzernde Kristallscherben splitterten über den Boden. Vor Schreck erstarrt, blieben Paul, Henrik und Jan stehen und sahen, wie die Splitter der Vase in einem großen Wirbel über den Fußboden fegten, sich in die Luft erhoben, um dort kreisend eine riesenhafte Gestalt anzunehmen.

Pranken mit scharfen Krallen an langen Fingern durchschnitten die Luft und griffen nach ihren Haaren. Die Jungen wichen zurück, immer weiter, bis sie mit dem Rücken zur Wand standen. Die langen Krallen kamen immer näher. Ängstlich drückten sich Paul, Henrik und Jan gegen die Wand, die keinen Schutz bot.

Da flog mit einem Krachen die Tür auf. Im Rahmen stand ein Mann, breitbeinig, mit einem Cowboyhut auf dem Kopf. Es war Pie Äitsch. Mit seinen schweren Stiefeln schritt er langsam in die Mitte des Saales. Sofort wandten sich die wirbelnden Glassplitter ihm zu, fegten fauchend durch die Luft. Pie Äitsch griff nach einem silbernen Amulett, das er um den Hals trug, und hielt es der heranrauschenden Glassplittergestalt entgegen. Die wirbelnden Scherben erstarrten und fielen zu Boden. Der Cowboy ging in die Knie, zeichnete mit Kreide einen sechseckigen Stern auf das Parkett und holte eine kleine Messingschale aus einem Beutel. Immer noch fegte der Wind durch den Raum, die Stühle wirbelten in wirren Kreisen. Nur um Pie Äitsch, der in der Mitte des Sterns stand, herrschte Ruhe. Der Cowboy entnahm aus einer anderen Tasche einen gelblich weißen Klumpen, den er in die Messingschale legte. Mit einem Feuerzeug entzündete er ihn. Über der Flamme stieg ein schwarzer Rauchfaden zur Decke. Pie Äitsch hob die Messingschale auf Augenhöhe und begutachtete das Feuer. Dann murmelte er einige Worte und blies mit geschlossenen Augen die Flamme aus. Weißer, wohlriechender Rauch entströmte nun der Messingschale, den Pie Äitsch mit schwenkenden Bewegungen im Raum verteilte.

Augenblicklich kamen die Stühle zum Stehen. Der Sturm legte sich.

Jan, Henrik und Paul hatten gespannt auf jede Bewegung des Mannes gestarrt. Nun ließen sie sich erschöpft und erleichtert zu Boden sinken.

Pie Äitsch nickte den Jungen zu, legte einen Finger an seinen Hut und ging, als sei nichts gewesen, mit ruhigem Schritt aus dem Saal.

6. Kapitel

Marie erwachte von Vogelgezwitscher und strahlendem Sonnenschein vor ihrem Fenster. Herzhaft gähnend drehte sie sich noch einmal auf die andere Seite.

»Himmel, was ist das!«, kreischte sie, als sie jemanden neben sich liegen sah, und sprang erschrocken auf.

»Ich bin es nur«, erklärte Paul und rieb sich den Schlaf aus den Augen. »Ich konnte gestern Nacht nicht schlafen, da bin ich zu dir ins Bett gekommen.«

»Weil du Angst vor deinem Gespenst hattest?«

»Glaub mir doch! Sobald du weg warst, hat es gespukt!«, rief Paul.

»Ja, ja«, Marie gähnte. »Das würde ich an deiner

Stelle auch behaupten. Mama war ganz schön sauer über das Chaos, das ihr angerichtet habt.«

»Aber sie hat komischerweise gar nicht mit mir geschimpft«, wunderte sich Paul. »Sie hat einfach nur die Scherben zusammengefegt und die Stühle wieder auf ihre alten Plätze gestellt.«

»Ich weiß auch nicht, warum sie dir das hat durchgehen lassen«, brummte Marie und kroch zu ihrem Bruder zurück ins Bett. »Wäre ich an ihrer Stelle, hättest du ganz schön was erleben können.«

»Glaub mir doch, das war ich nicht! Warum sollte ich dich denn anlügen?«

Marie schwieg.

»Wenn dieser Mann, dieser Pie Äitsch nicht gekommen wäre …«, fuhr Paul fort.

»Dieser Typ ist wirklich seltsam«, murmelte Marie nachdenklich. »Den ganzen Tag hockt er oben auf seinem Zimmer.«

»Ich würde zu gerne mehr über ihn wissen!« Paul sah Marie herausfordernd an.

»Von Mama oder Papa wirst du nichts erfahren, das sag ich dir gleich«, meinte Marie. »Frag ihn doch selbst!«, schlug sie vor.

»Wenn er doch nur mal weggehen würde, dann könnte man sich in seinem Zimmer umsehen …« Es war Paul anzusehen, dass er an einem Plan schmiedete.

»Bist du wahnsinnig?« Marie tippte sich gegen die Stirn.

»Du könntest doch aufpassen und mich warnen, wenn er zurückkommt!«, rief Paul begeistert.

Marie seufzte. »Warum kann ich dir nur nichts abschlagen, Brüderlein? Du immer mit deinen dämlichen Ideen!«

In Wahrheit war Marie selbst entsetzlich neugierig darauf, was es mit dem Fremden auf sich hatte. Und so lagen die Geschwister den halben Tag im ersten Stock neben der Treppe auf der Lauer. Sie warteten, ob der seltsame Gast sein Zimmer verlassen würde.

Doch Pie Äitsch machte überhaupt keine Anstalten, auch nur einen Schritt vor die Zimmertür zu setzen.

Sie wollten schon fast aufgeben, da hörten sie auf einmal die aufgeregte Stimme ihrer Mutter. Sie stand ein Stockwerk unter ihnen und redete auf ihren Vater ein.

»Wenn das so weitergeht, werden wir das Haus an Herrn Tompanski verkaufen müssen!« Pauls Mutter klang traurig.

»Marlene, ich weiß einfach nicht, was los ist. Irgendetwas muss passiert sein und das alles ausgelöst haben. Ich kann nur hoffen, dass dieser Pie Äitsch …«

Die Stimmen der Eltern entfernten sich. Paul und Marie sahen sich fragend an. Was hatte das zu bedeuten?

»Sie sprechen von dem Gespenst!«, flüsterte Paul aufgeregt.

»Quatsch!«, fauchte Marie. »Aber eines ist sicher: *Ich*

werde hier sitzen bleiben, auch wenn es Tage dauert«, wisperte sie grimmig. »Wir müssen unbedingt rauskriegen, was mit diesem Pie Äitsch los ist!«

»Und wer ist dieser Tompanski?«, wollte Paul wissen.

»Das ist der Vater von TomTom«, zischte Marie wütend. »Wir dürfen auf keinen Fall zulassen, dass TomTom Recht behält, dieses Großmaul! Versprich mir das, ja?«

Paul nickte. »TomToms Vater wird das Haus nicht kriegen«, flüsterte er. »Auf keinen Fall!«

Kaum hatte Paul zu Ende gesprochen, kam Pie Äitsch die Treppe hinunter. Lässig, den Cowboyhut auf dem Kopf, lief er an den Kindern vorbei und grüßte mit einem kurzen Nicken.

»Jetzt geht es los«, flüsterte Paul. »Wenn er zurückkommt, dann lauf ums Haus und pfeife!«

Marie nickte und Paul eilte die Treppen hinauf in den dritten Stock.

Pie Äitsch hatte das »Bitte-Zimmer-aufräumen«-Schild an der Türklinke befestigt und der Raum war unverschlossen. Paul schlich hinein und drückte leise die Tür ins Schloss.

Auf den ersten Blick war nichts Ungewöhnliches zu sehen. Das Bett war gemacht, auf dem Nachttisch stand ein Reisewecker. Paul schlich zum Schrank. Darin stand ein weiteres Paar Stiefel, eine schwarze Hose, und mehrere schwarze Hemden, die alle gleich aussahen, hingen auf Bügeln. Auf der Kommode entdeckte Paul einen Cowboyhut, der auch bei genauerer Betrachtung wie der aussah, den Pie Äitsch eben beim Hinausgehen auf dem Kopf getragen hatte.

»Ein Ersatzcowboyhut«, wunderte sich Paul. Er legte den Hut zurück an seinen Platz.

Dann schaute er unter dem Bett nach. Dort stand einer der beiden alten Koffer, die Pie Äitsch mitgebracht hatte. Vorsichtig zog ihn Paul hervor. Er war schwer.

Pauls Herz klopfte. Was mochte sich in dem Koffer befinden? Bevor er ihn öffnete, ging er leise zum Fenster und vergewisserte sich, dass Marie noch nicht ums Haus gelaufen war, um ihn zu warnen. Denn dann hätte er nur noch wenige Minuten Zeit gehabt, das Zimmer unentdeckt zu verlassen. Aber von Marie keine Spur. Paul widmete sich wieder dem Koffer. Mit einem lauten »Schnapp« öffnete sich das Schloss. Paul hob den Deckel.

Im Koffer herrschte ein ziemliches Durcheinander. Paul fischte zuerst einen der samtigen Beutel heraus und sah hinein. Er fand eine Vielzahl von Kettchen und Amuletten. Da war ein silbernes Amulett mit genau dem gleichen Stern, den Pie Äitsch im Festsaal auf den Boden gemalt hatte. Auf einem anderen Amulett waren geheimnisvolle Zeichen eingeritzt, die Paul nicht entziffern konnte, wieder ein anderes zeigte ein Kreuz.

In den anderen Beuteln befanden sich eigenartige duftende Substanzen, Pulver und Kräuter, die Paul noch nie zuvor gesehen hatte. Paul griff nach einem zerfledderten Buch. Offenbar handelte es sich um einen Science-Fiction-Roman: »Todesstrahlen über Gamma Elf« hieß der Schmöker. Zwischen den Seiten lag ein Passfoto, das zerrissen und dann wieder zusammengeklebt worden war. Darauf war eine hübsche Frau mit hellen roten Haaren zu sehen. »In Liebe« stand auf der Rückseite. Dann entdeckte Paul einen in Leder gebundenen Band mit goldenen Verzierungen. Mit zitternden Fingern nahm er ihn in die Hand. Doch bevor er das schwere Buch aufschlug, horchte er noch einmal nach draußen. Hatte Marie etwa eben gepfiffen? Nein, vor dem Fenster war alles still.

Zur selben Zeit wartete Marie noch im Empfangsraum.

»Ja, sehr schade, dass ich Tante Luise nie kennen gelernt habe, ich hätte sie gerne einiges gefragt«, quälte sie sich durch ein Gespräch mit Schelmig, der sie mit Beschlag belegt hatte.

»Weißt du denn auch, dass deine Tante Luise die ganze Geschichte des Hauses dokumentiert hat ...?«, fragte er sie gerade, als Pie Äitsch die Eingangstür öffnete. »Das ist alles sehr interessant, aber ... Ich muss weg!«, rief Marie und verschwand blitzschnell nach draußen.

Pie Äitsch sah Marie überrascht nach.

Oben im dritten Stock schlug Paul in diesem Moment mit zitternden Fingern das geheimnisvolle Buch auf. »Von Gremlins und Dschinns« hieß ein Kapitel. Ein anderes »Lemuren und Nixen«. Erschrocken klappte Paul das Buch schnell wieder zu.

Marie rannte währenddessen in größter Eile um das Haus. Dabei sprang sie über Blumenbeete und eine schwarze Katze, die ihr in den Weg gelaufen kam.

Hinterm Haus blieb sie stehen, steckte sich zwei Finger zwischen die Zähne und pfiff. Doch vor lauter Aufregung gelang es ihr kaum, einen Ton hervorzubringen.

3

Wieder setzte sie an, aber nur ein hohes Zischen war das Ergebnis.

Paul warf alle Gegenstände in den Koffer zurück. Gewissenhaft verstaute er ihn wieder unter dem Bett.

Jetzt aber nichts wie weg, dachte er, da fiel sein Blick auf eine Brieftasche aus schimmerndem Schlangenleder, die auf dem Kopfkissen lag. Vorsichtig öffnete er sie und warf einen Blick auf den Personalausweis. »Peter Honzig«, las er, »geboren in Bremen«. In einem Seitenfach der Brieftasche lag eine Visitenkarte. »P. H. – Geisterjäger« stand darauf. Darunter eine Telefonnummer.

Paul war verwirrt. »Geisterjäger?«

Plötzlich hörte er die Stimme seiner Schwester: »Paul! Schnell! Weg!« Marie hatte die Pfeifversuche aufgegeben und sich aufs Rufen verlegt.

Paul zuckte zusammen und wollte die Brieftasche gerade wieder auf das Kopfkissen zurücklegen. Doch als er sich zur Zimmertür umwandte, stand dort der Geisterjäger, Pie Äitsch, breitbeinig, mit grimmigem Blick.

7. Kapitel

Es ist nicht so, wie es aussieht!«, stammelte Paul. Vor Schreck hatte er die Hände erhoben.

Der Cowboy stand mit kaltem Blick im Türrahmen. Dann kam er bedrohlich näher. Ruckartig legte er kurz den Kopf zur Seite, was von einem schrecklichen Knacken begleitet wurde. Nun sah er Paul in die Augen und sagte: »So? Wie soll es denn sonst sein?«

Paul senkte langsam die Hände. In heller Aufregung suchte er nach Worten. Aber es fiel ihm nichts ein. »Ich … ich wollte …«, stammelte er.

»Zeig mal, was du in deinen Taschen hast«, befahl Pie Äitsch streng.

»Nein, das ist ein Missverständnis! Ich hab nichts gestohlen!«, rief Paul und stülpte hastig seine leeren Hosentaschen um. »Ich wollte doch nur etwas über Sie herausfinden!«, rang er sich endlich zur Wahrheit durch.

»Du spionierst mir nach?«, knurrte der Cowboy.

»Nein! Doch! Wenn Sie so wollen, ja«, gab Paul kläglich zu. »Meine Eltern sagen mir ja nichts. Und wie Sie gestern den Spuk beendet haben, das war wirklich ... fulminant!«, fügte er bewundernd hinzu.

»Fulminant ...?« Pie Äitsch zog die Augenbrauen zusammen. »Was soll das heißen?«, presste er zwischen den Zähnen hervor.

»Das war ganz toll, ganz große Klasse«, erklärte Paul schnell.

»Ach, das!«, winkte der Cowboy lässig ab und setzte sich aufs Bett.

Paul entspannte sich ein wenig.

»Sie sind Geisterjäger?«, fragte er.

Der Cowboy sprang mit einem Satz auf und hob drohend den Zeigefinger. »Dass geht dich gar nichts an. Hast du verstanden?«

Paul zuckte ängstlich zusammen. »Ja, klar.«

»Dein Vater hat mich beauftragt«, erklärte Pie Äitsch dann überraschend und setzte sich wieder. »Aber er will nicht, dass irgendjemand von meinem Auftrag erfährt. Auch ihr Kinder nicht. Wenn hier im Ort irgendetwas von Geistern im Hotel getratscht wird, könnt ihr den Laden sofort dichtmachen!«

»Ja, verstehe«, sagte Paul und schaute bedrückt zu Boden.

»Sag das auch deinen Freunden«, fügte Pie Äitsch streng hinzu.

»Ja, mach ich.« Paul fühlte sich kläglich. Hoffentlich hatten Henrik und Jan noch nichts von ihrem Erlebnis im Hotel weitererzählt.

»Aber Sie werden das Gespenst vertreiben?«, erkundigte sich Paul mit einem Anflug von Hoffnung.

»Nach Möglichkeit«, erklärte der Geisterjäger. »Aber erst muss ich mehr über das Gespenst herausfinden. Erst dann kann ich…« Pie Äitsch fuhr sich mit der Hand über die Gurgel.

»Es töten?«, fragte Paul.

»Wie immer man das bei einem Gespenst nennen will«, erklärte Pie Äitsch und betrachtete gelangweilt seine Fingernägel.

»Haben Sie schon oft Gespenster… getötet?«, erkundigte sich Paul neugierig.

»So ist es!« In der Stimme des Geisterjägers schwang Stolz mit. »Und das war nicht immer einfach. Letzten Monat an Schottlands Küste. Ich kann dir sagen. Ein grausiger Grind, hochhausgroß. Mit einer Welle aus Schleim wollte er mich ertränken!«

»Was ist ein Grind?«, wollte Paul wissen.

»Ein Grind ist ein glibberiges Seepockengespenst. Es haust in alten Leuchttürmen. Wenn du ihm unvorbereitet begegnest, bleibt dir vor Schrecken das Herz stehen.«

Über Pauls Arme kroch eine Gänsehaut.

»Aber was ist schon ein Grind gegen ein Bilozeron!«, fuhr der Geisterjäger fort. Offenbar bereitete es ihm Freude, von seinen Heldentaten zu erzählen. Er legte seine übereinander geschlagenen Beine auf einen Stuhl, der neben dem Bett stand und lehnte sich zurück.

»Das letzte Bilozeron, dem ich begegnete, war ein besonders gerissenes Exemplar. Ich suchte schon seit Tagen nach diesem Sumpfgespenst. Wanderte durch die Heide, durch das Moor. Immer wieder glaubte ich es in meiner Nähe. Ich geriet immer tiefer in den Sumpf, stolperte über das Torfmoos und splitterndes Gehölz. Um mich herum vollkommene Dunkelheit und am Himmel ein gelber, voller Mond.«

Paul hörte atemlos zu.

»Wenn es dem Bilozeron gelingt, dir seine Hand auf die linke Schulter zu legen, verwandelt es dich in einen dürren, knorrigen Baum, dessen Äste sich wie Arme verzweifelt nach Hilfe recken.«

»Und wie haben Sie das Bilozeron erlegt?«, fragte Paul aufgeregt.

»Ich habe die ganze Zeit meinen Kopf zur Seite gelegt. Auf die linke Schulter. Deshalb habe ich noch heute Schmerzen«, erklärte der Cowboy und rieb sich mit der Hand über den Nacken. »Der Rest ist ein Betriebsgeheimnis.«

»Dann sind Sie ja viel unterwegs«, bemerkte Paul ehrfürchtig.

»Ja und nein. Häufig habe ich auch hier in der Gegend zu tun. Hier wimmelt es nur so vor gefährlichen Gespenstern«, erwiderte der Geisterjäger.

»Ist das Gespenst im Hotel sehr gefährlich? So wie der Grind oder das Bilozeron?«, wollte Paul wissen.

»Davon gehe ich aus.« Der Geisterjäger machte ein düsteres Gesicht. »Aber ich muss erst mehr über das Gespenst herausfinden. Es gibt auch harmlose Geister, aber der Spuk gestern deutet auf ein besonders schlimmes Exemplar hin«, fuhr er fort. »Leider hält es sich versteckt, seitdem es weiß, dass ich sein Gegner bin.«

»Wie wollen Sie es fangen?«, fragte Paul aufgeregt.

»Ich muss es irgendwie hervorlocken …«, erklärte der Cowboy nachdenklich. Dann sah er Paul mit einem seltsamen Lächeln ins Gesicht: »Vielleicht kannst du mir ja helfen, Junge.«

»Wie soll ich Ihnen denn dabei helfen?«, wunderte sich Paul. Als ihn der Cowboy mit unverändertem Lächeln ansah, fiel bei Paul der Groschen: »Sie meinen, ich soll der Lockvogel sein?«

8. Kapitel

Ich bin nur froh, dass dir der Typ nicht die Ohren lang gezogen hat«, erklärte Marie erleichtert. Sie legte ein Papiertaschentuch weg, das sie in der Aufregung, während sie auf Paul wartete, völlig zerknüllt hatte. »Aber was er dir da für eine Räuberpistole aufgetischt hat, das geht doch nun wirklich zu weit! Geisterjäger, pah!« Marie schüttelte den Kopf, dass ihre roten Locken nur so flogen.

»Nein, es ist wahr, ich hab doch seinen Koffer und die Visitenkarte gesehen!«, rief Paul empört. »Warum glaubst du mir denn nicht? Papa hat ihn beauftragt, den Geist unschädlich zu machen! Und niemand darf von diesem Auftrag wissen!«

Marie wurde nachdenklich. »Wenn an deiner Gespenstersache auch nur irgendetwas dran ist, Paul, dann muss es doch zur Lösung einen anderen Weg geben, als sich in der Nacht auf die Lauer zu legen. Ich hatte übrigens ein sehr interessantes Gespräch mit Herrn Schelmig.«

»Du willst mir also heute Abend nicht helfen?«, fragte Paul verzweifelt.

»Nein, diesmal nicht.« Marie war es ernst. »Höchstens auf meine Weise.«

Enttäuscht trottete Paul in sein Zimmer. Er setzte sich aufs Bett und holte aus seiner Hosentasche vorsichtig die Kette mit dem großen Bernstein hervor, die ihm der Geisterjäger gegeben hatte.

»Viele Gespenster an der Küste sind ganz wild auf Bernstein«, hatte Pie Äitsch gesagt. »Damit werden wir das Gespenst mit Sicherheit anlocken.«

Paul betrachtete den golden glänzenden Stein aus 50 Millionen Jahre altem versteinerten Harz. Dann legte er sich den in einem silbernen Medaillon eingebetteten Stein um den Hals und schob ihn unter den Pullover. Um Mitternacht sollte er damit in den Festsaal gehen. Bis dahin war es noch ein paar Stunden Zeit.

Paul legte sich aufs Bett und starrte an die Decke. Worauf hatte er sich da nur eingelassen? Sollte er mit seinen Eltern reden? Aber sie würden ihm die Geisterjagd mit Sicherheit verbieten. Dabei wollte er doch sein Möglichstes tun, um das Hotel zu retten. Nachdem er so unbedacht mit den Jungs am Strand über das Gespenst gesprochen hatte. Und dann hatte er auch noch Henrik und Jan Zeugen des Spuks werden lassen!

Zum Abendessen erschien Marie mit Staub und Spinnweben in den Haaren. Aber sie wollte mal wieder nicht sagen, wo sie sich herumgetrieben hatte.

Paul hatte inzwischen Bauchschmerzen und bekam fast keinen Bissen hinunter.

»Morgen Abend ist endlich das Neptunfest«, berichtete Pauls Vater fröhlich und verschlang mit gutem Appetit ein dreifach belegtes Brötchen. »Gleich früh gehen wir zum Hafen, damit wir auch nichts verpassen!«

Paul löffelte teilnahmslos seinen Jogurt. Und auch Marie äußerte keine Begeisterung.

»Kinder«, seufzte Pauls Mutter. »Was ist nur mit euch los?«

Später am Abend saß Paul allein in seinem Zimmer und ließ die Uhr nicht aus den Augen. Mit nervtötender

Langsamkeit rückte der Minutenzeiger vor. Nachdem seine Mutter ihm Gute Nacht gewünscht hatte, legte er sich ins Bett und starrte weiter den Wecker auf seinem Nachttisch an. Paul war inzwischen nicht mehr in der Lage, einen klaren Gedanken zu fassen. Er schwankte zwischen Angst und Bangigkeit, kurzen Momenten von Zuversicht und dann wieder Furcht und Verzweiflung.

Um elf Uhr zog sich Paul langsam an, eine Jeans und seinen Kapuzenpulli, in dem er sich immer besonders wohl fühlte. Den Bernstein trug er nun über dem Pullover. Noch vor der verabredeten Zeit schlich er durchs Haus, hinauf in den dritten Stock, und klopfte leise an Pie Äitschs Tür.

»Da bist du ja schon!«, rief dieser überrascht und legte seinen Roman weg, in dem er eben noch gelesen hatte. Dann überreichte er Paul das Walkie-Talkie.

»Wenn das Gespenst erscheint, gib Bescheid. Ich warte hier oben und komme dann sofort runter«, gab er ihm letzte Anweisungen.

Paul nickte und ging in den Festsaal. So mies hatte er sich noch nie gefühlt. Noch nicht einmal vor einer Mathearbeit. Er schaltete das große Licht des Kronleuchters an, nahm sich einen Stuhl und stellte ihn genau in die Mitte des Raumes. Das Walkie-Talkie versteckte er in der großen Tasche seines Pullovers.

Nun hieß es warten. Endlos lange Minuten. Endlich schlug die Standuhr zwölf. Mitternacht. Paul horchte, doch es regte sich nichts. Weitere Minuten verstrichen. Würde sich das Gespenst vielleicht doch nicht von dem Bernstein um seinen Hals anlocken lassen? Das wäre Paul im Augenblick eigentlich am liebsten gewesen. Im selben Moment spürte er plötzlich, wie seine Füße kalt wurden. War dies das erste Anzeichen für das Erscheinen des Gespenstes? Oder fror er nur, weil er Angst hatte? Ein leises Klirren ertönte und seine Nackenhaare stellten sich auf. Über ihm schwankte der Kronleuchter. Der Behang aus glänzendem Bleikristall bebte.

Dann platzten die Glühbirnen. Alle sechs auf einmal!

Paul duckte sich vor Schreck hinter seinen Stuhl. Nun lag der Raum in fast völliger Dunkelheit. Nur der Mond erhellte grob die Umrisse der Möbel.

Paul erinnerte sich an das Walkie-Talkie. Mit zitternden Fingern griff er in seine Tasche und zerrte es hervor. Wo war nur der richtige Knopf? Verzweifelt tastete er über die Oberfläche des Walkie-Talkies. Da flog ihm das Gerät plötzlich aus der Hand, fiel krachend zu Boden und schlitterte über das Parkett. Pauls Herz hörte für einen Moment auf zu schlagen.

Dann biss er die Zähne zusammen und krabbelte flugs auf allen vieren in Richtung Walkie-Talkie. Doch als er es fast erreicht hatte, bekam das Walkie-Talkie einen neuen Schubs und rutschte weiter über den Fußboden. Wieder kroch Paul hinterher. Als er nur noch wenige Zentimeter entfernt war, warf er sich beherzt nach vorn. Endlich hatte er das Walkie-Talkie wieder! Eilig suchte er nach dem Knopf, um Pie Äitsch um Hilfe zu rufen. Doch was war das? Das Gerät begann, in seiner Hand zu vibrieren, und das Gehäuse wurde plötzlich glühend heiß, sodass Paul es entsetzt zu Boden fallen ließ. Dort zerbrach es in tausend Stücke.

Nun half nur noch die Flucht! Paul sprang auf und rannte zur Tür. Doch als hätte ihm jemand ein Bein gestellt, fiel er krachend der Länge nach hin. Dann spürte er, wie etwas an seiner Kette zog. Paul griff an seinen Hals und umschloss den Bernstein mit seiner Hand. Als ginge es um sein Leben, zerrte er mit dem unsichtbaren Gegner an der Kette, bis diese ihm vom Hals gerissen

wurde. Doch noch immer ließ Paul nicht los. Bärenkräfte schleiften ihn über den Boden. Paul klammerte sich mit der freien Hand an Stühle und Tische. Endlich verließen Paul die Kräfte. Sein Griff lockerte sich, der Bernstein rutschte ihm aus der schweißnassen Hand. Mit einem Kichern verschwand das Gespenst und mit ihm der Stein. Erschöpft blieb Paul mitten im Raum auf dem Bauch liegen, den Tränen nahe.

9. Kapitel

Die Äitsch saß auf dem Bett und hatte seinen Cowboyhut in die Stirn gezogen, als Paul ihm aufgeregt von seinem Kampf mit dem Gespenst um den Bernstein berichtete.

»Das hab ich mir gedacht, das mit dem Walkie-Talkie«, sagte er, nachdem Paul alles erzählt hatte. Der Geisterjäger unterdrückte ein herzhaftes Gähnen. »Aber das macht nichts, in dem Medaillon ist ein Peilsender. Jetzt können wir das Gespenst in Seelenruhe aufstöbern.«

Paul fiel die Kinnlade herunter. »Dann war ich wirklich nicht mehr als ein Köder?«, fragte er fassungslos.

»Na, ich brauchte doch jemanden, der den Bernstein

trug. Wenn ich die Kette nur irgendwo hätte herumliegen lassen, hätte das Gespenst Lunte gerochen«, erklärte Pie Äitsch, ohne mit der Wimper zu zucken.

»Das macht es nun wirklich nicht besser!« Paul war wütend.

»Komm, ich mach es wieder gut«, beschwichtigte ihn Pie Äitsch. »Morgen Abend knöpfe ich mir das Gespenst vor – und du kommst mit. Dann geht die Action erst richtig los!«

»Auf noch mehr *Action* kann ich gut verzichten!« Paul brodelte vor Wut.

»Hehe«, der Cowboy lachte. »Jetzt hat dich wohl doch der Mut verlassen, was?«

»Gar nicht!«, rief Paul empört. Beinahe hätte er die Tür hinter sich laut ins Schloss krachen lassen. Im letzten Moment besann er sich aber. Nur niemanden wecken. Und morgen würde er dem Geisterjäger zeigen, dass er keine Angst vor dem Gespenst hatte.

Beim Frühstück war Paul todmüde. Auch Marie gähnte in einem fort. Nur Pauls Eltern waren hellwach und drängten zur Eile, um möglichst rasch zum Hafen zu kommen.

»Schaut mal!« Pauls Vater legte einen Stapel fotokopierter Zettel auf den Tisch. »Die werde ich heute mit Marlene am Hafen verteilen. Damit laden wir alle, die kommen wollen, für den Abend ins Hotel ein. Das ist ein Gutschein für eine Neptunbowle!«

Paul war froh, dass er sich am Zettelverteilen nicht beteiligen musste. Am festlich geschmückten Hafen herrschte bereits Hochbetrieb, als sie dort ankamen. Fischer verkauften von ihren Kuttern herunter lautstark Flundern und Dorsche an Touristen mit kurzen Hosen und Fotoapparaten. In den Geschenk- und Souvenirläden drängelten sich die Menschen, um Kaffeetassen mit dem Abbild des Meeresgottes Neptun oder bunte T-Shirts zu kaufen.

Paul und Marie blieben bei einigen Musikern mit Akkordeon stehen, die vor einem Café erst »La Paloma, ade! Auf Matrosen, ohe!«, dann »Wenn bei Capri die rote Sonne im Meer versinkt« sangen. Doch Paul konnte den ganzen Trubel nicht genießen. Die ganze Zeit musste er an den kommenden Abend denken. Denn dann war es so weit. Dann hieß es: das Gespenst oder er. Rettung oder ein grausiger Untergang. Wie der Abend auch ausging, auf jeden Fall würde eine Entscheidung fallen.

Während Paul seinen Gedanken nachhing, zog Marie ihn aufgeregt ein paar Meter weiter.

Denn die Presse war auch da: Eine Dame mit hellrotem Haar hielt einem Mann mit Schnauzbart ein Mikrofon unter die Nase. Neben ihr stand ein Kameramann, der das Interview aufnahm.

»Das ist TomToms Vater«, erklärte Marie und deutete auf den Mann mit Schnauzbart. »Herr Tompanski.«

Herr Tompanski erklärte gerade, dass er für das diesjährige Neptunfest sehr viel Geld gespendet habe. Und dass ihm überraschenderweise die Ehre zuteil geworden sei, dieses Jahr auf dem Höhepunkt des Festes den Neptun höchstselbst zu spielen. Und darauf sei er unerhört stolz.

»Na toll«, flüsterte Paul und sah sich ängstlich um. »Wahrscheinlich treibt sich dann auch TomTom hier irgendwo herum.«

Doch statt TomTom entdeckte Paul überrascht jemand anderen in der Menge: Pie Äitsch, trotz der Hitze wie gewohnt in Stiefeln und mit Cowboyhut. Paul winkte ihm zu, doch der Geisterjäger sah ihn nicht, obwohl er geradewegs auf die Kinder zusteuerte.

Marie beobachtete noch immer gespannt die Frau

mit den roten Haaren, die gerade das Interview beendete.

»Vielen Dank für das Gespräch«, bedankte sich die Reporterin bei Herrn Tompanski, dann drehte sie sich zur Kamera und sagte: »Das war Ilona Tratschke, live vom diesjährigen Neptunfest.« Sobald der Kameramann die Kamera ausgeschaltet hatte, sah sie genervt auf die Uhr. »Du filmst weiter, ich mach Mittagspause«, gab sie dem Kameramann Anweisung.

Doch als sie gerade in Begleitung von Herrn Tompanski zu einem der Fischkutter gehen wollte, entdeckte sie überrascht den Cowboy, dessen Hut über die Menschenmenge ragte.

»Peter! Das gibt's doch nicht! Peter!«, rief sie mit schriller Stimme und bahnte sich ihren Weg durch das Gedränge. Pie Äitsch sah sich um, entdeckte Ilona Tratschke und machte Anstalten, die Flucht zu ergreifen. Im letzten Moment beherrschte er sich, trat auf sie zu und zwang sich zu einem Lächeln. »Ilona! Wir haben uns aber lange nicht gesehen!«

»Na, Spatzerl, bist du wieder auf Geisterjagd?«, zwitscherte die Reporterin und zupfte neckisch an Pie Äitschs Ärmel.

»Nein, nein, ich bin hier ganz privat«, versicherte Pie Äitsch. Ilona strahlte ihn mit unverändertem Gesichtsausdruck an, als erwarte sie, dass Pie Äitsch mehr über seinen Aufenthalt erzählen würde. Nach einer peinlichen Pause flötete sie zuckersüß: »Ach komm! Lüg doch nicht! Darf ich diesmal meinen Bericht machen? Das wird der totale Knüller! Und das ist gut für *dich* und – für *mich*…«

»Kommt nicht infrage. Ich hab dir schon tausend Mal gesagt, dass ich mich beim Geisterjagen nicht filmen lasse. Warum kannst du das nicht verstehen!?«, erklärte Pie Äitsch ärgerlich. »Ich muss jetzt weiter«, verabschiedete er sich schlecht gelaunt und tauchte in der Menge unter. Paul lief ihm nach.

»Ist ja toll, Sie kennen die Reporterin?«, fragte er aufgeregt, als er Pie Äitsch mit Müh und Not eingeholt hatte.

»Das ist meine Ex-Verlobte«, erklärte Pie Äitsch entnervt. »Aber ich habe sie vor einem halben Jahr verlassen, weil sie nur ihre Karriere im Kopf hatte.« Dann eilte der Geisterjäger davon, als sei ihm ein Bilozeron auf den Fersen. Paul sah ihm verwundert nach.

»Paul!«, hörte er jemanden seinen Namen rufen.

»Schön, dich zu sehen!« Es waren Henrik und Jan, die ihm freudig entgegengelaufen kamen.

»Henrik, Jan! Gut, dass wir uns treffen!«, rief Paul erleichtert. »Ich hab nämlich eine ganz dringende Bitte an euch.«

»Schieß los!«

»Ihr dürft auf keinen Fall jemandem von dem Gespenst und dem Spuk erzählen! Das ist total wichtig«, erklärte Paul.

Henrik und Jan sahen beschämt zu Boden. »Haben wir schon. Aber nur TomTom und den Jungs«, beichtete Jan.

»Mist!«, entfuhr es Paul.

»Mensch, dass war so spek-ta-ku…, spek-ta-pu…, na ja *irre*, wie hätten wir das nicht weitererzählen sollen?«, rechtfertigte sich Jan.

»Aber ab jetzt erzählen wir es niemandem weiter«, versprach Henrik und legte seinen Arm um Paul, der die beiden bekümmert ansah.

»Wir haben niemals ein Gespenst gesehen, großes Ehrenwort«, sagte Jan.

Paul nickte tapfer.

»Übrigens, wir müssen dich warnen«, erklärte Henrik ernst. »TomTom gehört bei dem Neptunfest zu den Häschern. Und er hat beschlossen, dich zu fangen.«

»Was heißt denn Häscher? Und warum will er mich fangen?« Paul verstand kein Wort.

»Na, das ist so: Neptun entsteigt auf dem Höhepunkt des Festes mit seinen Häschern den Wellen, dann fangen sie welche von den Zuschauern, um sie zu taufen«, erklärte Henrik.

»Taufe heißt, dass du einen ekelhaften Trank trinken musst, aus Senf, Ketschup, Bratensoße, Milch, alles durcheinander gemixt«, ergänzte Jan.

»Igitt.« Paul verzog das Gesicht.

»Dann wirst du mit einem Fischnamen getauft. TomTom hat sich für dich *Gammelige Seegurke* ausgedacht«, berichtete Jan weiter.

»Und dann wirst du ins Wasser geworfen.«

»Aber ich will gar nicht ins Wasser geworfen werden. Und den ekligen Trank auch nicht!«, rief Paul entsetzt.

»Dann sieh zu, dass du dich nicht fangen lässt!« Henrik schlug Paul freundschaftlich auf die Schulter.

»Na, das kann ja was werden«, seufzte Paul.

Plötzlich hörte er eine bekannte Stimme in seinem Rücken: »Na, du gammelige Seegurke!«

Paul hoffte, sich verhört zu haben. Doch als er sich umblickte, grinste ihm TomTom unverschämt entgegen. Neben ihm stand sein Vater, der Ilona Tratschke beflissen Sonnenschirm und Tasche trug. »Was macht denn dein Gespenst? Hab gehört, es hat ordentlich gespukt!«

Paul wusste vor Schreck nicht, was er sagen sollte.

»Hast du also Jan und Henrik dazu gebracht, für dich

zu lügen, was?« TomTom lachte fies. Herr Tompanski schüttelte beim Wort *lügen* entrüstet den Kopf.

»Nein, hab ich nicht!«, verteidigte sich Paul. Doch dann besann er sich: »Doch, es war alles nur ausgedacht«, gab er freudig zu.

»Ja, wirklich!«, rief Henrik eifrig. »Das war alles nicht wahr!«

»Da gibt es gar kein Gespenst«, pflichtete Jan ihm bei.

»Ja, man sollte immer bei der Wahrheit bleiben«, mischte sich Herr Tompanski ein. Dann gab er seinem Sohn eine Kopfnuss. »Und du sei nicht immer so frech. *Gammelige Seegurke*, das sagt man doch nicht«, entrüstete er sich. »Später! Da kannst du das sagen! Aber doch nicht jetzt schon!«

Nun mischte sich Ilona Tratschke in das Gespräch.

»Ihr sprecht von Gespenstern?«, flötete sie.

»Nein!«, widersprach Paul. »Das war ein Missverständnis!«

»So, so! Ein Missverständnis!« Sie nickte verständnisvoll. Aber dann wechselte sie das Thema: »Ach, was ich noch fragen wollte: Wisst ihr zufällig, wo dieser junge große Mann mit dem Cowboyhut wohnt?«, wandte sie sich mit größter Liebenswürdigkeit an die Gruppe.

»Keine Ahnung!«, rief Paul schnell. Er konnte sich nicht vorstellen, dass Pie Äitsch erfreut sein würde, wenn seine Ex-Verlobte ihn besuchen käme.

»Der Kerl wohnt im Ostseejuwel«, krähte TomTom und sah Ilona Tratschke stolz an.

»Das ist ja interessant«, bedankte sich Frau Tratschke und ihre Mundwinkel verzogen sich zu einem zufriedenen Lächeln.

10. Kapitel

Auf einer goldenen Barke näherte sich Neptun dem Ostseestrand. Mit königlicher Geste winkte er den Landbewohnern zu. Es war Herr Tompanski, dessen mächtiger Leib mit grüner Farbe bestrichen war. Auf dem Kopf trug er eine grüne Perücke, in der Hand hielt er einen Dreizack. Bei ihm waren vier ebenfalls grünhaarige Kinder, die ihn beim Landgang stützten. Frenetischer Applaus erscholl, als Neptun auf die Bühne und vor die Fernsehkamera trat.

»Blaaablaab bluhub«, machte der Meeresgott. Zum Glück stand ihm eine Helferin zur Seite. »Willkommen zum Neptunfest!«, übersetzte sie für die Zuschauermenge.

Marie und Paul saßen abseits im heißen Sand, neben einem Strandkorb versteckt, und verfolgten das Schauspiel. Auf keinen Fall wollten sie sich durch TomToms Vorhaben den Höhepunkt des Festes verderben lassen.

Nun traten zehn Mädchen in bunten Kostümen auf die Bühne. Aus den Lautsprechern ertönte fetzige Musik, zu der sie einen mitreißenden Tanz aufführten. Dabei schwangen sie ein hauchdünnes Netz und taten so, als würden sie auf hoher See auf Fischfang gehen. Das Publikum jubelte und klatschte im Takt. Eines der Mädchen forderte Neptun auf, mit ihm zu tanzen, woraufhin dieser sich unbeholfen in den Hüften wiegte. Das Publikum lachte.

»Hilfe, ich werde blind!«, rief eine Frau kichernd. Kaum war die Musik verklungen, sprangen drei Feuerschlucker herbei, die unter heftigem Beifall ihre Kunststücke vorführten.

Sogar Paul vergaß für einen Moment, was für eine schwere Aufgabe heute Abend vor ihm lag. Er fühlte sich leicht und wohl. Doch dann fiel sein Blick auf TomTom, der, grün bemalt und feist grinsend, neben seinem Vater auf der Bühne stand.

»Da bin ich nun so eine Art Geisterjäger und soll wie

ein Baby ins Wasser geworfen werden«, ärgerte Paul sich. »Aber dafür musst du mich erst mal bekommen, du fauliges Fischbrötchen!«, murmelte er, während Neptun wieder das Mikrofon ergriff und, noch immer außer Atem, eine lange Rede blubberte. Endlich kam er zum Ende. »Buhubluhub!«, blubberte Herr Tompanski. »Liebe Landratten, liebe Landrättinnen!«, rief die Übersetzerin. »Die Taufe möge beginnen!« Kaum waren die Worte ausgesprochen, stürmten die vier Kinder des Neptun auf das Publikum los. Unter Johlen und Gekreisch wurden Einzelne aus der Menge gezogen, ein Mädchen mit langen Zöpfen, der Arzt des Ortes, zwei kleine Jungen und eine ältere Dame wurden von den Häschern in Gewahrsam genommen.

Doch noch waren nicht alle Opfer beisammen. TomTom spähte in die Menge. Er suchte nach Paul, der gammeligen Seegurke. Einige Jungen aus der Menge riefen: »Da ist er!«, und zeigten auf Pauls Versteck.

Als TomTom Paul durch diese hinterhältige Hilfestellung endlich am Rand der Menge neben dem Strandkorb bemerkte, sprintete er los.

Paul und Marie sprangen erschrocken auf. Paul lief über den weichen Sand Richtung Düne. Aber TomTom

war schnell. Obwohl Paul wie um sein Leben rannte, kam TomTom rasch näher. Doch als er gerade an Marie vorbeiwetzte, streckte diese kurz ihr Bein vor und TomTom landete mit der Nase im Sand. Das Publikum kreischte vor Freude. Wutentbrannt stürzte sich TomTom auf Marie und schleppte sie mit hochrotem Kopf in Neptuns Gefangenschaft.

Paul rannte bis zum Ostseejuwel, ohne sich ein einziges Mal umzusehen.

Erst am späten Nachmittag, als die Familie nach Hause kam, erfuhr er, was Marie widerfahren war.

»Immerhin hab ich eine Urkunde bekommen«, berichtete sie mit spöttischem Lächeln. »*Spröde Sprotte* heiße ich jetzt.«

»Es war doch sehr unterhaltsam«, sagte Pauls Vater.

»Ja, für andere war es vielleicht lustig ...«, beendete Marie das Gespräch und eilte davon. »Ich hab jetzt auf jeden Fall was Besseres zu tun.«

Paul war seiner Schwester sehr dankbar, dass sie sich für ihn geopfert hatte. Um so trauriger war er, den kommenden Abend ohne ihren Beistand überstehen zu müssen.

Mit hängendem Kopf saß er auf seinem Bett und versuchte, sich innerlich auf das Kommende vorzubereiten. Meistens half es ihm, wenn er auf dem Rücken lag und ganz tief in den Bauch atmete. Doch heute überschwemmten ihn pausenlos Bilder der vergangenen Tage, vom Kampf um die Bernsteinkette, der Kristallsplittergestalt, von TomTom und dem unheimlichen Herrn Schelmig, wie er vom Gespenst erzählte ...

Nur mit größter Mühe gelang es Paul, diese Bilder aus seinem Kopf zu vertreiben. Er versuchte, an etwas Schönes zu denken, an den Strand, die Wellen, das Meer. Und tatsächlich, bald spürte er fast die Sonne auf seinen Körper scheinen, hörte das Rauschen der Brandung. Nach einiger Zeit fühlte Paul sich gesammelt und zum Kampf bereit.

Entschlossen stand er auf.

11. Kapitel

Das ist der Empfänger für den Peilsender«, erklärte der Geisterjäger und reichte Paul eine Konsole, auf deren Bildschirm ein grüner Punkt blinkte.

Die beiden saßen auf Pie Äitschs Bett. Draußen war es mittlerweile dunkel. Das Vollmondlicht schien als schmaler Streifen durch den Spalt des halb zugezogenen Vorhangs.

»Wir können nur hoffen, dass wir nicht nur den Bernstein, sondern auch das Gespenst aufstöbern«, sorgte sich der Geisterjäger. »Wir müssen das Gespenst unbedingt in seinem Versteck erwischen!«

»Und dann?«, wollte Paul wissen.

»Dann werde ich es fangen.« Der Geisterjäger holte

einen Kasten hervor und schloss ihn auf. »Dieses Fangnetz ist aus den Spinnweben einer arabischen Maulspringspinne geknüpft. Hat sich das Gespenst erst einmal darin verfangen, kann es sich nicht mehr von selbst befreien«, erklärte er. »Zuvor muss ich aber dafür sorgen, dass das Gespenst seine Spukkräfte verliert. Ansonsten haben wir keine Chance!«

Pie Äitsch holte den Beutel mit den seltsamen Kräutern und Substanzen hervor und knotete ihn an seinem Hosenbund fest. »Bist du bereit?«, fragte er.

»Ja, ich bin bereit«, antwortete Paul.

Der Geisterjäger lächelte und gab Paul einen freundschaftlichen Klaps.

Mit dem Empfangsgerät für den Peilsender schlichen sie durchs Haus. Wenn sie sich vom Bernstein entfernten, sollte der Punkt langsamer blinken. Näherten sie sich dem Stein, würde der Punkt schneller aufblinken. Im dritten Stock veränderte sich die Anzeige kaum. Im zweiten Stock blieb das Signal ebenfalls gleich. Auch im ersten Stock, wo sich der Festsaal befand, in dem Pauls Eltern gerade grünes Lametta und silberne Fischlein an einer Girlande befestigten, schien der Bernstein nicht zu sein. Pauls Herz klopfte schneller, als sie ins Erdgeschoss gingen. Sollte sich das Gespenst irgendwo in den Räumen der Familie verbergen?

Paul und Maries Zimmer war spukfrei, das zeigte der grüne Punkt eindeutig. Auch in der Küche und dem Schlafzimmer der Eltern blieb die Anzeige ruhig. Als sie sich jedoch dem Aufzug näherten, begann der Punkt, schneller zu blinken. Pie Äitsch ging noch ein paar Schritte näher heran. Der Ausschlag wurde stärker, doch offenbar hatten sie ihr Ziel noch nicht erreicht.

»Das Gespenst wohnt im Schacht«, flüsterte Pie Äitsch. »Wir müssen da runter...«

Paul wurde es für einen Moment schwummerig. »Wir sollen mit dem Aufzug fahren?«, erkundigte er sich entsetzt. Darauf würde er nur zu gerne verzichten.

»Nein, wir müssen runterklettern«, erklärte der Geisterjäger.

»Was???« Paul tastete Halt suchend nach der Wand.

Der Geisterjäger drückte ungerührt den Knopf für die dritte Etage. Dann ließ er den Aufzug leer nach oben fahren.

»Aber was ist, wenn der Aufzug wieder herunterfährt und uns zermalmt?« Paul wurde bei dieser Vorstellung übel.

»Dieses Risiko müssen wir eingehen«, erklärte Pie Äitsch gelassen und begann, in den Schacht zu klettern. Wie sich herausstellte, war dieser zum Glück nur einen Meter tief. Der grüne Punkt fing wie verrückt an zu blinken. Paul kletterte hinterher.

An der Seite des Schachts war eine Öffnung, die in einen Kellerraum führte. Paul stieß sich fast den Kopf an der niedrigen Decke, als er Pie Äitsch hinterherkroch. Der Empfänger gab einen leisen Brummton von sich. Kein Zweifel: In diesem Raum musste der Bernstein liegen.

»Das Gespenst ist ganz in der Nähe«, flüsterte der Geisterjäger aufgeregt. »Ich kann es ganz deutlich spüren!«

Dann schaltete er eine Taschenlampe an und ließ den Lichtstrahl vorsichtig über die Wände der Kammer gleiten.

Direkt vor sich entdeckte Paul eine Schatulle. »Darin muss der Bernstein sein!«, rief er und griff nach dem Deckel. Im selben Moment wurde es um ihn herum kalt. Eiskalt. An den Wänden zeigte sich Frost. Von der Decke wuchsen in Windeseile meterdicke Eiszapfen. Nur mit Mühe konnte Paul ihnen ausweichen.

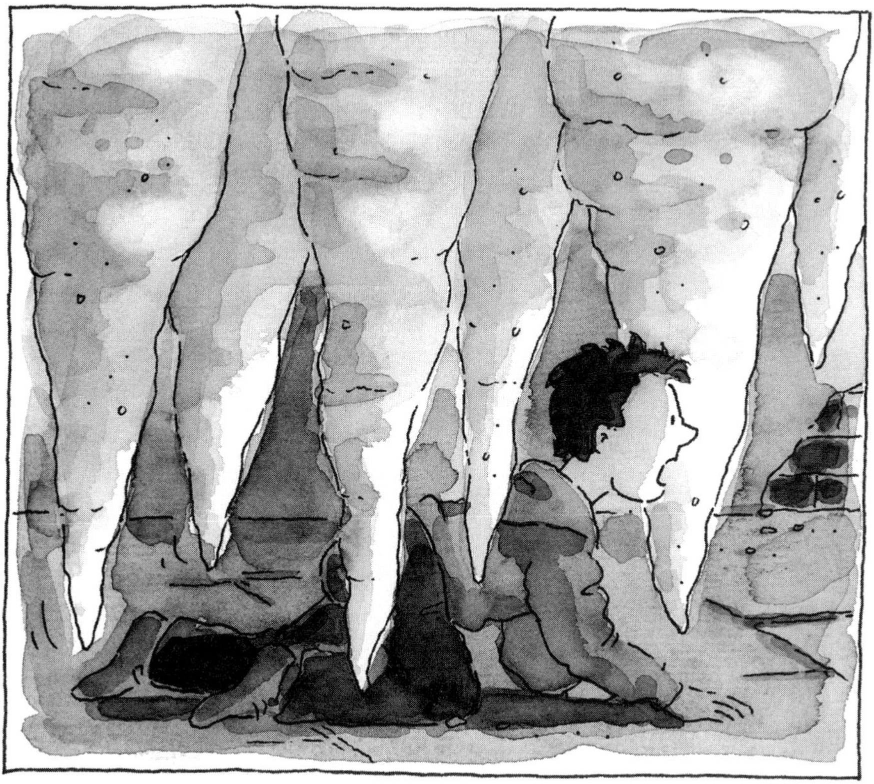

»Du hast so ein Art Alarmanlage ausgelöst, glaube ich!«, rief der Geisterjäger aufgeregt. »Wir müssen hier raus, bevor wir erdrückt werden!«

Paul beeilte sich, Richtung Ausgang zu kriechen. Doch immer wieder musste er ausweichen, denn die Eiszapfen versperrten ihm den Weg. Brachen sie ab, wuchsen sie doppelt so dick nach.

Der Rückweg war beschwerlich. Erschöpft hielt Paul

kurz vor dem Ziel inne, da spürte er plötzlich, wie sich ihm von oben ein Eiszapfen in den Rücken bohrte. Er konnte sich nicht mehr bewegen! Gleich würde ihn der Zapfen durchbohren!

In letzter Sekunde schlug Pie Äitsch den Eiszapfen von der Decke, um Paul zu befreien. Dann schubste er ihn in den Aufzugschacht.

Die Wimpern des Geisterjägers waren gefroren, als auch er sich aus der Eiszapfenhöhle befreit hatte.

»Das ging ja gerade noch mal gut«, fluchte Pie Äitsch und rückte sich seinen Cowboyhut zurecht.

Doch da setzte sich über ihnen der Aufzug in Bewegung. Er fuhr nach unten. Direkt auf die beiden Geisterjäger zu! Wie gelähmt starrten Paul und Pie Äitsch nach oben. Dann warfen sie sich gleichzeitig flach auf den Boden. Pauls Gedanken rasten. An was sollte er denken, jetzt, so kurz vor seinem Ende? An die Stationen seines schönen, aber zu kurzen Lebens? An seine Eltern? Marie? Doch die Panik verweigerte ihm jede schöne Erinnerung. Er konnte nur an den Aufzug denken. Bleib stehen, fahr nicht weiter!, flehte Paul innerlich immer wieder. Den Kopf hatte er schützend in seiner Ellenbogenbeuge geborgen. Der Aufzug kam immer näher. Gleich würde er zerquetscht werden! Jeden Moment konnte es so weit sein!

Unerwartet stoppte der Aufzug. Einen Meter über ihnen – und schloss sie in der Dunkelheit ein.

»Wir sind gefangen«, keuchte Paul.

»Ganz schön raffiniert«, bemerkte der Geisterjäger anerkennend. Dann leuchtete er mit seiner Taschenlampe die Wände ab, auf der Suche nach einem Ausweg. Tatsächlich war auf der anderen Seite der Öffnung, die in die Eishöhle führte, auch noch eine schmale schmiedeeiserne Luke. Pie Äitsch rüttelte daran. Sie war verschlossen. Von außen.

»So ein Mist«, schimpfte Pie Äitsch.

Paul rüttelte nun ebenfalls an der Luke. »Hilfe, hört uns denn niemand?!«

Keine Antwort.

»Oh Himmel, wir können hier sitzen, bis wir schwarz werden!«, jammerte Paul.

»Oder bis jemand mit dem Aufzug fährt«, ergänzte Pie Äitsch und schaute hoffnungsvoll nach oben.

Doch plötzlich hörten sie, wie ein Riegel umgelegt wurde. Die Luke öffnete sich. In der Öffnung erschien Maries Gesicht. »Ist da wer?«, fragte sie verwundert.

»Marie!«, rief Paul erleichtert. Dann umarmte er seine Schwester und ließ sich von ihr helfen, durch die Luke zu klettern.

»Warte!«, rief Pie Äitsch und kroch zurück in die Eiszapfenhöhle. »Bin gleich wieder da.«

»Ich muss dir was erzählen!«, wandte sich Marie aufgeregt an Paul. Dabei klopfte sie ihm ein paar Eisstücke vom Pullover. »Ich bin hier auf etwas sehr Interessantes gestoßen!«

Paul schaute sich mit großen Augen um. Offenbar war er in einem Keller gelandet. Auf der Werkbank hatte Marie unter dem Licht einer nackten Glühbirne allerhand Bücher mit handschriftlichen Notizen und vergilbte Fotoalben zusammengetragen.

»Ich habe in Tante Luises Tagebüchern gestöbert und bin gerade an einer sehr interessanten Stelle gelandet. Das musst du dir anhören …«

In diesem Moment kam Pie Äitsch durch die Luke in den Keller gekrochen. Unter dem Arm trug er das Kästchen. Er klappte es auf. Darin lag die Bernsteinkette, außerdem auch zahlreiche schöne Muscheln und Steine vom Strand.

»Wir müssen unseren Plan ändern«, erklärte der

Geisterjäger und holte aus seinem Beutel eine kleine filzige Kugel hervor, die er in das Kästchen legte.

Dann lief er weiter zum Ausgang. »Komm, schnell! Wir haben es eilig!«, rief er.

»Marie, ich muss jetzt los. Erzähl mir das später!«, entschuldigte sich Paul und stürmte hastig davon.

Paul und Pie Äitsch rannten durch mehrere Gänge, bis sie zu einer steilen Treppe gelangten. An deren Ende war eine Tür, die vermutlich ins Erdgeschoss führte. Pie Äitsch öffnete sie einen Spaltbreit und spähte hinaus.

Vor Schreck fiel er beinahe die Treppe hinunter. Denn hinter der Tür fauchte eine riesige Echse. Sie schien aus einer Art dickem Nebel zu bestehen. Auf ihrem Rücken befanden sich spitze Zacken und aus ihrem Maul strömte ein widerlicher Gestank. Unter dem Schlag ihres Schwanzes zersplitterte die Tür. Blitzartig schnellte Pie Äitsch eine gespaltene Zunge entgegen, die sich um das Kästchen wand. Mit einem Ruck hatte die Echse dem Geisterjäger das Kästchen entrissen.

Pie Äitsch griff nach seinem Amulett und hielt es der Echse entgegen. Diese wich mit dem Kästchen zwischen den Zähnen fauchend zurück. Die Geisterjäger rückten vorsichtig näher, Stufe für Stufe, bis die Treppe hinter

ihnen lag und sie das Erdgeschoss erreicht hatten. Doch schon bäumte sich die Echse auf und riss Pie Äitsch das Amulett mit scharfen Krallen vom Hals. Klirrend fiel es auf den Boden. Der Geisterjäger warf Paul das Fangnetz zu.

»Ich schwäche seine Kräfte, du wirfst das Netz!«, rief er hastig und griff nach seinem Beutel. Doch die Echse schien Pie Äitschs Vorhaben erraten zu haben. Ein kräftiger Schlag mit ihrem Schwanz und der Geisterjäger wurde gegen die Wand geschleudert. Benommen versuchte Pie Äitsch, wieder aufzustehen. Er taumelte. Und musste noch einen Schlag einstecken. Paul spürte sein Herz bis hinauf in den Hals schlagen. Fieberhaft überlegte er, was er tun konnte. Dann schleuderte er das Netz. In hohem Bogen fiel das Fangnetz über die Echse. Das Untier schlug nun wild um sich. Es versuchte, das Netz zu zerreißen. Seine Kräfte waren noch zu stark. Das Netz bekam Löcher, drohte zerfetzt zu werden. Doch plötzlich erlahmte das Untier. Zwar versuchte es, sich noch immer auf dem Boden wälzend, zu befreien, doch seine Macht schien gebrochen. Müde sackte es zusammen. Dann wurde es kleiner. Die Echse verwandelte sich.

12. Kapitel

Paul half Pie Äitsch auf die Beine. Dieser befühlte seine schmerzenden Rippen. »Guter Wurf, Junge«, knurrte er.

»Wie ist das nur möglich? Warum wurde das Gespenst schwächer?«, fragte Paul, nach Atem ringend.

»Ich habe die Wolle eines Igels in das Kästchen getan. Das beste Mittel, um Gespenster außer Gefecht zu setzen«, antwortete Pie Äitsch. »Und ich wusste, dass es sich das Kästchen zurückholen wird.«

»Die Wolle eines Igels? So etwas gibt es doch gar nicht!« Paul zog nachdenklich die Stirn in Falten.

»Nicht alles, was du nicht kennst, existiert auch nicht«, lachte der Geisterjäger.

»Aber jetzt«, wurde er ernst, »ist es allerhöchste Zeit, dass wir uns das Gespenst einmal näher ansehen!«

Pie Äitsch ging hinüber zu dem Gespenst, das in seinem Netz zappelte. Es war jetzt sehr viel kleiner. Und als Paul genau hinschaute, entdeckte er, dass das Gespenst eine menschliche Gestalt hatte. Es war fast vollständig durchsichtig. Gesicht und Umrisse schimmerten wie die Zeiger einer Leuchtuhr. Seine Kleider schienen sehr alt zu sein.

»Aber das ist ja ein Junge«, stellte Paul überrascht fest. »Er ist bestimmt nicht sehr viel älter als ich!«

»Tja. Und was mich am meisten wundert«, Pie Äitsch kratzte sich am Kinn, »das ist ein ganz normales Gespenst der Sorte Spiritus Domusiensis, gemeinhin bezeichnet als Hausgespenst, und gehört damit eher zur harmloseren Sorte. Normalerweise.«

»Was machen wir jetzt?« Paul war ratlos.

»Am besten, wir bringen den kleinen Plagegeist zu deinen Eltern, damit sie entscheiden können, wie es weitergeht«, schlug der Geisterjäger vor. Dann schulterte er das hilflose Gespenst, um es in den Festsaal zu bringen.

Dort saßen Pauls Eltern gelangweilt in festlicher

Abendgarderobe und warteten auf Gäste, die ihre Neptunbowle trinken wollten. Doch bisher vergeblich.

Pauls Mutter kreischte auf, als Pie Äitsch das zappelnde Bündel zu ihren Füßen absetzte.

Paul erzählte in kurzen Worten, was sich an diesem Abend zugetragen hatte. Pauls Mutter seufzte ein ums andere Mal.

»Paul, ich kann nicht sagen, dass ich froh bin über das, was du da gemacht hast«, schimpfte Pauls Vater. »Ich habe extra Pie Äitsch beauftragt, diese heikle Aufgabe zu übernehmen. Schließlich ging von diesem Gespenst eine ziemliche Gefahr aus.«

»Aber warum hast du uns nichts davon gesagt?«, beschwerte sich Paul.

»Ja, das hätte ich vielleicht tun sollen«, seufzte Pauls Vater, »aber es war so schon schwer, deine Mutter zu überreden, in ein Geisterhotel zu ziehen, wie hätte es dann mit dir und Marie ausgesehen? Unter diesen Umständen konnte ich euch wirklich nicht einweihen. Heinrich war einfach nicht wiederzuerkennen. Früher war er ein recht lieber Hausgenosse ...«

»Heinrich?« Paul war verwirrt.

Plötzlich ging krachend die Tür auf.

»Lasst Heinrich frei!« Marie kam in den Saal gestürzt. »Er hat schon genug mitgemacht!«, rief sie. »Sein habgieriger Onkel hat ihn vor über hundert Jahren in den Aufzugschacht gestoßen, um an das Erbe zu kommen«, fuhr Marie mit erhobener Stimme fort.

»Aber woher weißt du denn das alles, mein Schatz?« Pauls Vater war überrascht.

»Ich habe mir einfach die Mühe gemacht, in den Keller zu gehen und Tante Luises Tagebücher zu lesen. Darin schreibt sie auch, dass Heinrich ein harmloser und lieber Freund für sie war.«

»Ja, genauso war es«, gab Pauls Vater zu. »Nur nach Luises Tod ist er beinahe tollwütig geworden!«

»Tollwut! Das ist ein gutes Stichwort«, sagte Pie Äitsch und sah sich das Gespenst genauer an. »Hier am Hals hat es rote Flecken und an den Händen einen grünen Ausschlag. Das sieht mir ganz nach grünem Nesselfieber aus«, diagnostizierte er.

»Genau das schreibt auch Tante Luise!«, rief Marie. »Heinrich hatte schon einmal das grüne Nesselfieber, vor etwa dreißig Jahren! Da war er auch völlig außer Rand und Band, tobte und polterte durch das Haus.«

»Das ist eine sehr seltene und gefährliche Krankheit – für Gespenster«, fügte Pie Äitsch mit nachdenklichem Gesicht hinzu. »Wenn sie nicht richtig auskuriert wird, kann sie jederzeit wieder auftreten.«

»Aber wie konnte Heinrich nur so krank werden«, erkundigte sich Pauls Mutter besorgt.

»Hat vielleicht dieser Schelmig etwas damit zu tun?«, fragte Marie skeptisch.

»Nein, Herr Schelmig ist wirklich ein feiner Kerl«, beteuerte Pauls Vater. »Er konnte Heinrich nur noch nie leiden. Ich glaube, er war etwas eifersüchtig, weil Luise und Heinrich so eng befreundet waren.«

Paul half Heinrich aus dem Netz. »Am besten wir fragen ihn selbst«, erklärte er.

Pie Äitsch nahm vorsichtshalber einen großen Mondstein aus seinem Beutel, um zu verhindern, dass Heinrich wieder zu seinen gefährlichen Spukkräften zurückfand.

»Das ist sehr lieb von dir«, bedankte sich Heinrich bei Paul. Seine Stimme klang schwach.

»Nach Luises Tod war ich sehr traurig. Sie war einfach nicht mehr da. Unerreichbar für mich. Ich ging in meinen Keller und blieb dort. Vielleicht ein paar Wochen oder Monate, ich weiß es nicht mehr. Ich schaute nur an die Decke. Sah nicht mehr den Mond, aß und trank nichts.«

»Du Ärmster!«, rief Pauls Mutter.

»Und dabei ist Heinrich krank geworden«, erklärte Pie Äitsch. »Wenn Gespenster kein Mondlicht bekommen und sich nicht vernünftig ernähren, leidet ihre Gesundheit.«

»Können sie mich wieder gesund machen?«, wandte sich Heinrich direkt an den Geisterjäger.

»Ja, denn genau das ist meine Aufgabe«, antwortete Pie Äitsch. »Wie ein Jäger im Wald jage ich nicht nur Gespenster, sondern heile und schütze sie auch, wenn es notwendig ist.«

Heinrich lächelte dankbar.

»Fünfmal am Tag einen Hagebuttentee mit Estragon und Kieselerde bringt dich wieder auf die Beine«, tröstete ihn Pie Äitsch. »Wadenwickel und viel Ruhe, absolute Ruhe!«

Pauls Mutter seufzte und sein Vater lächelte erleichtert. »Jetzt wird alles wieder gut!«, verkündete er und sah zuversichtlich in die Runde.

Da ertönte ein spitzer Schrei.

Eine alte Dame war in den Saal getreten. In ihren Händen hielt sie den Coupon für die Gratis-Bowle. Entsetzt starrte sie auf Pie Äitsch, Pauls Eltern, Marie, Paul – und Heinrich.

Zu allem Überfluss drängelte sich hinter der Frau noch eine andere Gestalt in den Saal: »Na, wenn das nicht der richtige Moment ist!«

Pie Äitsch fuhr erschrocken auf. Sofort hatte er Ilona

Tratschkes Stimme erkannt. Neben Ilona stand der Kameramann. Die Kamera war direkt auf Heinrich gerichtet.

Ilona Tratschke lachte schrill: »Das wird vielleicht ein Knüller! Das sag ich euch!«

13. Kapitel

Oh Himmel, das ist eine Katastrophe!« Pauls Vater schlug die Hände vors Gesicht.

Die Familie saß gemeinsam vor dem Fernsehapparat. Neben ihnen hockte Heinrich, der bekümmert zu Boden sah. Auch Henrik und Jan waren zu Paul ins Hotel geeilt. Herr Schelmig und Pie Äitsch standen ein wenig abseits und verfolgten ebenfalls die Morgennachrichten.

»Ich bin vor Schreck fast gestorben«, sprach die alte Dame aufgeregt in die Kamera. »Dabei wollte ich nur eine Neptunbowle!«

Dann sah man Heinrich. Er war nicht gut zu erkennen, seine Umrisse waren unscharf. Aber dennoch war deutlich zu sehen, dass es sich nicht um einen Menschen aus Fleisch und Blut handeln konnte. Vor allem nicht, weil er sich nach wenigen Sekunden in eine dünne Rauchsäule auflöste. Dann sah man Pauls Vater, der entsetzt auf die Kamera zurannte. Mit einer Hand versuchte er, die Linse zu bedecken.

Zu den Bildern hörte man die Stimme von Ilona Tratschke: »Ostseejuwel – so heißt das verrottete Hotel an Deutschlands schöner Ostseeküste. Doch was viele bisher nicht wussten – das Hotel ist auch Herberge des finstersten Gespenstes Europas, wenn nicht gar der Welt. Hotelgäste lernen hier das Gruseln, wälzen sich angsterfüllt in den Schlaf, immer voller Furcht, dass sich das Killergespenst aus dem Hinterhalt anschleicht.«

Dann sah man Herrn Schelmig: »Es liegt ein düsteres Geheimnis über diesem Haus«, erklärte er den Fernsehzuschauern. »Ein Gespenst geht hier um, grauenhafter als jeder Albtraum.«

Pauls Vater sah genervt zu Schelmig hinüber.

»Aber ich hab doch nur die Wahrheit gesagt, das wird man doch wohl noch dürfen!«, verteidigte sich Herr Schelmig. »Nun ja, zumindest ein Stück Wahrheit.«

»Wir sprechen uns noch, Schelmig! Das sag ich dir!«, schimpfte Pauls Vater.

Auf dem Bildschirm war nun wieder Heinrich zu sehen. Um ihn herum war ein Kreis eingeblendet. Ein roter Pfeil deutete zusätzlich auf den Kreis. In Zeitlupe verwandelte sich Heinrich wieder in die Rauchsäule. Ilona Tratschke textete dazu: »Das Blut gefriert einem in den Adern, wenn der bösartige Monstergeist sein Unwesen treibt!«

Dann folgten noch dutzende Wiederholungen der Szene, unterlegt mit einer schaurigen Musik und der Stimme der Reporterin, die Furcht und Schrecken beschwor.

»Wir sind erledigt!«, seufzte Pauls Vater. »Den ganzen Morgen, auf allen Sendern zeigen sie nun schon diesen Bericht!«

»Es tut mir Leid«, entschuldigte sich Heinrich. »Das habe ich nicht gewollt!«

»Diese Tratschke!«, schimpfte Pie Äitsch. »Ich hätte es ahnen müssen!«

Paul fühlte sich elend. Auch Marie schien es nicht besser zu gehen. »Schade«, sagte sie, »mittlerweile hat es mir hier wirklich gut gefallen.«

»Ja, ich wäre auch gerne geblieben«, seufzte Paul und sah zu seiner Mutter hinüber, die mit unbewegtem Gesicht immer noch auf den Bildschirm starrte.

Pauls Vater stand auf und schaltete den Fernsehapparat aus. »So, aus der Traum. Bin ich nun also kein Hoteldirektor mehr. Ich werde das Haus wohl oder übel an Herrn Tompanski verkaufen müssen.«

Niemand sagte ein Wort. Alle wussten, dass Pauls Vater Recht hatte.

Ihr trübseliges Schweigen wurde unvermutet durch stürmisches Klingeln an der Haustür unterbrochen.

»Oh nein, das ist bestimmt die Presse«, seufzte Pauls Vater.

Eilig folgte ihm seine Familie in den Empfangsraum. Herr Schelmig öffnete die Tür. Paul traute seinen Augen nicht. Vor dem Hotel stand nicht die Presse, sondern … Gäste, und zwar nicht einige, sondern dutzende.

»Haben Sie noch Zimmer?«, rief eine Frau mit schrillem Hut aus der hintersten Reihe. Ein älterer Herr mit dicker Brille drängelte sich aufgeregt in den Empfangsraum: »Ich möchte für meine Familie unbedingt die Erlebnisferien im Gruselhotel buchen! Bitte! Ist bei Ihnen noch etwas frei?«

Pauls Mutter war die Erste, die ihre Fassung wiedererlangte. »Aber bitte, kommen Sie doch alle rein! Fühlen Sie sich willkommen!«

»Erlebnisferien?«, stammelte Pauls Vater völlig verdattert.

Bis zum Abend hatten sie alle Hände voll zu tun. Pauls Eltern bewirteten die Gäste. Pie Äitsch und Paul versorgten abwechselnd den armen Heinrich, der sich durch sorgfältige Pflege möglichst rasch von seinem Nesselfieber erholen sollte. Pauls Vater hatte darum dem Geisterjäger angeboten, bis auf weiteres im Hotel zu bleiben.

»Dann könnte ich endlich mein Standardwerk über das Bilozeron schreiben«, hatte Pie Äitsch gesagt und das Angebot freudig angenommen. Als Sonderveranstaltung war für den nächsten Tag ein Dia-Abend über das norddeutsche Geisterwesen angesetzt, den Pie Äitsch bestreiten würde.

Henrik und Jan wollten auch behilflich sein und hatten sich dafür entschieden, Aufzugführer zu werden. Sie fanden es lustig, dass der Aufzug gespenstisch verrückt spielte – und zwar ohne Heinrichs Zutun. Denn wie Heinrich auf seinem Krankenlager beteuerte, hatte er bei der mörderischen Aufzugfahrt des ersten Tages seine Finger nicht im Spiel gehabt. Der Aufzug war tatsächlich einfach kaputt – oder ein wenig verrückt. Und Pauls Vater bestand darauf, ihn nicht reparieren zu lassen. Die Gäste ließen sich, wie sich herausstellte, nur allzu gern im »Gespenster«-Aufzug kräftig durchschütteln.

Marie hatte sich wieder in den Keller verdrückt. Sie wollte nun die ganze Geschichte rund um das Hotel, Luise und Heinrich erkunden. Und wer weiß? Vielleicht verbargen sich ja noch mehr Geheimnisse in den Gemäuern des Ostseejuwels?

Am Abend saß die Familie erschöpft, aber vor allem froh beim Essen zusammen.

»Wie waren denn deine Sommerferien im Ostseejuwel? Als du so alt warst wie wir?«, erkundigte sich Marie.

»Angenehm gespenstisch«, entgegnete Pauls Vater. »Aber das ist eine andere Geschichte …«

Pauls Mutter lächelte. »Euer Vater hat da einiges zu erzählen …«

»Wenn er denn mal was erzählen würde«, beklagte sich Paul. »Ich finde, Papa, du hättest uns gleich etwas von unserem Hausgespenst sagen sollen!«

»Aber das habe ich doch!«, rief Pauls Vater. »Von Anfang an habe ich gesagt: Ihr werdet begeistert sein!«

Carola Wimmer, 1970 in Berlin geboren, begann ihre Autorinnen-Karriere als Verfasserin von Kinder-Hörspielen für den ORB. Nebenbei schrieb sie Texte und Konzepte für etliche Multimedia-Agenturen und war in der Presse- und Öffentlichkeitsarbeit tätig. Bis zu ihrem Entschluss, sich ganz auf ihre Arbeit als Kinderbuchautorin zu konzentrieren, war sie Redakteurin eines Internetportals für Kinder und Jugendliche. Carola Wimmer lebt und arbeitet heute in Berlin.

Christian Tielmann

Drei Detektive
und der unsichtbare Einbrecher

128 Seiten, illustriert, ISBN 3-570-12840-7

Alina, Henry und Larry sind Detektive mit einem Riecher für verloren gegangene Dinge. Was jedoch immer dann »verloren« geht, wenn die reiche Gesellschaft im Hotel ihres Vaters Poker spielt, sind keine alten Socken, sondern scheußliche, aber wertvolle Vasen und Gemälde. Spurlos verschwinden sie aus den Villen der Pokergesellschaft! Ehrensache, dass sich die drei dieser Sache annehmen.

Patricia Schröder

Freundinnen für immer und ewig

128 Seiten ISBN 3-570-12904-7

Fini und Franka sind die besten Freundinnen – die schüchterne Fini hat immer klasse Ideen, die die chaotische Franka sofort in die Tat umsetzt. Wie die, mit den selbstgebackenen Freundschaftskeksen. Doch dann knallt es plötzlich gewaltig zwischen den beiden. Sind sie jetzt Feindinnen für immer und ewig? Pustekuchen! Manchmal kommt es nur darauf an, den ersten Schritt zu wagen!

Holly Black / Tony DiTerlizzi

Die Spiderwick Geheimnisse

Tony DiTerlizzi & Holly Black

Jared und seine Geschwister Simon und Mallory haben in dem alten Haus, das sie seit Kurzem bewohnen, eine unglaubliche Entdeckung gemacht: Arthur Spiderwicks Handbuch der magischen Geschöpfe! Plötzlich eröffnet sich den Dreien eine Welt voller Magie und Fabelwesen – doch aufgepasst! Nicht alle sind ihnen freundlich gesinnt …

Eine unglaubliche Entdeckung
ISBN 3-570-12863-6

Gefährliche Suche
ISBN 3-570-12864-4

Im Bann der Elfen
ISBN 3-570-12920-9

Der eiserne Baum
ISBN 3-570-12921-7

Die Rache der Kobolde
ISBN 3-570-12922-5

Ingrid Uebe
Mitternachtsfreunde

144 Seiten, illustriert, ISBN 3-570-12838-5

Jede Nacht, wenn der Zeiger der Uhr auf Zwölf rückt, werden Celina und ihr Bruder David wach. »Kommt spielen!«, wispern Stimmen durch das Haus und knarrend öffnet sich die Tür zum Dachboden. Celina und David können nicht widerstehen. Sie folgen den Stimmen – und treffen Jakob und Rosalie, die Gespensterkinder, die ein Geheimnis hüten …